¿Coincidencias o Diosidencias?

¿Coincidencias o Diosidencias?

Andrea Saldaña Rivera

Número de Control de la Biblioteca del Congreso de EE. UU.: 2019910274

ISBN:	Tapa Dura	978-1-5065-2967-7
	Tapa Blanda	978-1-5065-2966-0
	Libro Electrónico	978-1-5065-2965-3

Primera Edición: julio 2019
Andrea Saldaña Rivera
Correo: srandrea@prodigy.net.mx Web page: Andreasaldaña.online
YouTube: Andrea Saldaña Rivera.
Título: ¿Coincidencias o Diosidencias?

Información de la imprenta disponible en la última página.

Fecha de revisión: 26/07/2019

Para realizar pedidos de este libro, contacte con:
Palibrio
1663 Liberty Drive
Suite 200
Bloomington, IN 47403
Gratis desde EE. UU. al 877.407.5847
Gratis desde México al 01.800.288.2243
Gratis desde España al 900.866.949
Desde otro país al +1.812.671.9757
Fax: 01.812.355.1576
ventas@palibrio.com
799893

Contents

IN MEMORIAM

En recuerdo del Pbro. Pablo Ortega. Fue Párroco de la Iglesia de la Santa Cruz en la ciudad de San Luis Potosí, S. L. P. en México. Su bendición y oraciones nos acompañan desde que le conocimos, en 1968

y

Para las personas que amé, para las que me amaron y para aquellas que permanecieron. Para quienes se alejaron, pido a Gandhi nos regale sus palabras, *"No dejes que se muera el sol sin que hayan muerto tus rencores."*, yo, atesoro y agradezco cada momento con todas.

Introducción

Diferentes autores utilizan el concepto Diosidencias para etiquetar acontecimientos inexplicables. En especial cuando no pueden atribuírselos a la casualidad. Aseguran objetivamente que estos tienen un trasfondo de causalidad, pues a su entender obedecen a una causa superior, que trasciende al azar, la coincidencia, e incluso a la razón. Como resultado ofrecen otro concepto contrario al de coincidencia.

Ellos introducen un término poco conocido: Diosidencia. Proponen que este vocablo se use para nombrar sucesos para los cuales no existe ninguna explicación razonable. Casos, en los cuales su ocurrencia se podría catalogar como mágica o hasta milagrosa. Eventos que suceden como si todo fuera una conspiración. Como si todas las piezas de un enorme rompecabezas se hubieran unido a la perfección para que ese acontecimiento se produjera. Aquí debería acotar la afirmación de Gandhi "*Dios no tiene religión*". Ya que el concepto no alude a un Dios específico, así cada cual lo asumirá para el propio según sus creencias.

Cualquier pequeña modificación de los elementos que se encadenaron habría hecho imposible dicha experiencia. De modo que, sin lugar a dudas, una fuerza muy superior tuvo que mediar su ocurrencia. He agrupado las historias bajo el titulo ¿Coincidencias o Diosidencias? "Diosidencia" mezcla la palabra Dios y las dos últimas sílabas de la palabra Coincidencia.

Escuché la palabra por primera vez mientras viajaba de la Ciudad de México a Texcoco. Asistiríamos a un Congreso de Enfermería. Una colega me platicó una experiencia que calificó como: "Diosidencia". Me propuse investigar posteriormente el significado de ese concepto, solo repetí la palabra a manera de pregunta, ¿*Diosidencia*"?, ella me respondió, "*contesta tú la pregunta después de escuchar mi historia*". (La incluí).

Acepto que podrían existir poderes más allá de nuestra comprensión en estas coincidencias. La ciencia ofrece varias explicaciones. Michael Stevens manifiesta que se trata de casos de "*apofonía*", que es la capacidad del cerebro humano de establecer conexiones en sucesos aleatorios o datos sin sentido.

Se asegura que la "*apofonía*" no es la única trampa en la que caemos a la hora de cuestionar la imposibilidad de las coincidencias. Existe lo que se denomina "*sesgo de confirmación*". Parece que nuestro cerebro lo ofrece al preferir las explicaciones o teorías que más encajan con nuestras creencias.

Esto quiere decir que, si deseamos que algo coincida, acabará coincidiendo. "*Si no lo creo, no lo veo*", diría el filósofo Marshall McLuhan usando un giro del refrán "*ver para creer*".

Una de las leyes matemáticas afirma que cuando el número de muestras es muy elevado, las posibilidades de que se dé una situación son muy altas. El razonamiento parece irrefutable: Desde un enfoque matemático y estadístico pareciera que las coincidencias no son nada excepcional.

En el planeta hay más de 7, 500 millones de personas, significa que las probabilidades de que a alguna de nosotras nos ocurra algo "*extraordinario*", son muy altas. Los matemáticos Persi Diaconis y Frederick Mosteller querían definir las coincidencias como "*casos excepcionales*".

Como resultado de sus análisis prefirieron describirlas en su libro: Métodos para estudiar coincidencias, como "*una inesperada concurrencia de circunstancias que se percibe significativa*".

Definitivamente, la sincronía es otro elemento a considerar, porque es parte de las leyes de la física.

Resumiendo, uso estos razonamientos para explicar el título del libro. Algunos relatos tienen características en las que podemos (o no) identificar elementos para reflexionar y hacernos la pregunta para la que no siempre encontré respuesta, sería ¿*Coincidencia o Diosidencia*?

Andrea Saldaña Rivera.

¿Coincidencia o Diosidencia?

Quien me contó esta anécdota, además de enfermera es podóloga. Empezó su relato diciendo. *"Una noche después del último paciente me puse a revisar mi celular. Encontré una llamada perdida. Era frecuente. Mi nombre, especialidad y ejercicio privado me obliga a difundir mis datos en el directorio telefónico, en medios y redes sociales.". "Llamé y me atiende una voz de mujer. Le explico que tengo una llamada perdida de su celular. Se molesta y niega haberlo hecho.*

"Le doy mis datos y le menciono a que me dedico. Ella, verdaderamente asombrada, repite mis palabras sobre mis actividades. No es posible, me dice, hoy he estado muy ocupada sacando a mi marido del Hospital del Seguro Social. Él es diabético, le acaban de amputar dos dedos de su pie hace unos días. Me lo llevé a la casa porque no lo curaban. Acabamos de llegar. Tiene mucho dolor, infección y mucho miedo de perder su pierna. Está desesperado, pero yo también, no tengo a nadie que me apoye".

"Le expliqué que curar ese tipo de casos es mi especialidad y la invito a venir a consulta. No tengo dinero, me dice. Le ofrezco pasar a su domicilio. No tengo dinero, tuvimos muchos gastos, añade llorando. Le ofrezco no cobrar la consulta, solo tiene que comprar el material. Ahora su sollozo es desesperado. La tranquilizo y le ofrezco pasar con lo necesario."

¿Coincidencias o Diosidencias?

"Ya en su casa, curo la herida del marido, aplico antibióticos y analgésicos. Enseño como manejar la herida. Le dejo material y mi tarjeta.

Pido su celular. Quería mostrarle la llamada a mi celular. No aparecía. La pantalla mostraba varios días de llamadas. ¡Ninguna a mi número! Le muestro mi celular, me doy cuenta que solo aparece la llamada que yo hice. Ninguna llamada perdida. No entiendo. Yo no tenía su número, ¿cómo pude marcarlo?...Ambas lloramos de la impresión. Ella dijo que además de agradecerme por haber ido a curar a su marido ya sabía a quién más agradecer. "Yo también", le contestó.

María Marcos Cedillo, pionera potosina de la aviación

Y recibió por nombre, el Ángel del Infierno
ante el rechazo inmenso a lo desconocido.
Resultó una antinomia, escueta paradoja
en sus polos opuestos,
el principio, la urgencia de una vida y hasta el fondo
ver tan solo la herida, que cura sus dolores,
cuando la muerte arriba.

No es una coincidencia que este tema haya provocado esta digresión. Podrán identificar varias circunstancias que guiaron mi interés por este personaje y las mujeres que concibieron cristalizar el mismo sueño, en el campo de la aviación. Poco se ha documentado sobre la potosina María Marcos Cedillo. (1910-1933) Lo suficiente para considerarla la Primera

Mujer Piloto Aviador e Instructora de Vuelo en México. Me acerqué a su historia por su parentesco con María Cedillo de Saldaña, esposa de un hermano de mi papá, el tío Matilde.

Por varios años, a mí con algunos de mis hermanos nos enviaban de vacaciones a Tampico. Siempre nos hospedaba la Tía María. Nos hacía grata la estancia con sus atenciones y su cariño. Por ella probamos las jaibas de la Tamaulipeca, el pescado de Pueblo Viejo, los camarones de la Playa de Madero, los licuados de la Refresquería La Victoria, el sabor de sus guisos y el gusto por las reminiscencias familiares. En esa casa de la Colonia Obrera, cerca del entonces Penal de Andonegui, yo aplacaba un poco el hambre de saber. Gracias a los relatos de la Tía María y a la bodega que tenían, repleta de libros, revistas y cuentos. Me gusta leer, así que aprovechaba este recurso desde la tarde hasta bien entrada la noche.

Mi tía tenía un cuadro con la foto de su tío, Saturnino Cedillo. Nos contaba orgullosa que fue militar, revolucionario, político, Ministro de Agricultura y Gobernador del estado. Nos dijo que sus tíos Magdaleno y Cleofas, también fueron militares. Que sus tías Higinia y Elena, aunque no estuvieron en el ejército, siempre apoyaron a sus hermanos con algunas encomiendas a favor de la Revolución. Esta situación llevó a Higinia a vivir los horrores de un secuestro, tortura y un cruel asesinato y a Elena a confinarla en una cárcel por varios años. No podía evitar su tono de tristeza cuando me platicaba sobre el dramático desenlace de sus familiares. Tampoco su alegría cuando recibía la visita de su hermano Mario a quien conocí.

Era muy distinto cuando hablaba de su prima María Marcos. Reconocía con optimismo el coraje que debió haber tenido, para, según sus palabras "*treparse primero en carros de carreras y luego en los aviones*". Hoy pienso que esas frases estaban matizadas por el orgullo de género, por sentir hasta en su sangre ese arquetipo ancestral.

Esto que ella me contaba de María Marcos, lo confirmé al conocer a Manuel Barbosa Cedillo y leer su libro The Littlest Wetback, especialmente el capítulo que tituló Las mujeres Cedillo. Ambos somos familiares de los Cedillo, sus lazos son de sangre, los míos por ley y afinidad.

Manuel Barbosa Cedillo, Juez Federal en retiro, hoy Comisionado en Derechos Humanos en Chicago Illinois, es tío de María Marcos. Según el historiador Salvador Solís Álvarez, María nació en el Rancho Palomas, del municipio de Ciudad del Maíz, en el año 1910. Manuel escribe en su libro que "*...desde temprana edad se interesó en las entonces conocidas como nuevas máquinas en movimiento, tanto carros como aeroplanos. Participó en carreras de autos en los años 20s*". Es interesante rescatar la siguiente afirmación del historiador Solís Alvarez al mencionar a María Marcos: "*...cuando el General empezó la Primera Escuela Civil de Aviación en San Luís, fue una de las primeras en ingresar a sus filas como alumna y disfrutó volar en los aviones donde en poco tiempo ya realizaba vuelos de grandes distancias*". Dicho historiador aseguró que años después que la joven potosina quedo fascinada al conocer a la piloto americana Florence Lowe "*Pancho*" Barnes, la primera mujer extranjera que arribó en una aeronave al estado en 1930. Posiblemente todos los Instructores y compañeros de María Marcos eran hombres.

Manuel reconoce que María Marcos, era capaz de ejecutar piruetas y acrobacias aéreas para divertirse en su avión biplano. Lamenta, como todos, su prematura muerte. "*El 25 de abril de 1933, a la temprana edad de 23 años, ella realizó su último espectáculo, su aeronave se estrelló violentamente en los alrededores de San Luís*".

Se dice que subió a su avión biplano 540K, su aeronave favorita que había llamado "*El ángel del infierno*" porque su tío Saturnino decía que "*esas, eran cosas del infierno*". El avión había sido rediseñado por ingenieros mecánicos en aviación, el mexicano Guillermo Villasana López y el italiano Francisco Santarini Tognoli. Modificaron las hélices para incrementar su velocidad en un 50 por ciento.

En esa ocasión María volaba acompañada de su alumno José Ramírez. Situación que nos permite asumir que actuaba como Instructora de vuelo. Al realizar acrobacias en el aire y, al efectuar la maniobra aérea "*barrena*", su avión se precipitó e impactó en la loma "Los Valentinos", provocando su muerte y la del joven.

En esos años se restringía a las mujeres el acceso a la educación. Fueron pocas las que enfrentaron esas barreras con intuición, coraje, tiempo y esfuerzo, entre ellas, María Marcos. Esas características son inherentes a las mujeres pioneras, en especial, para un campo como la aviación, tan restringido al género femenino. Aún hoy, en este siglo XXI la aviación mundial reporta en promedio un 5% de mujeres piloto, el mayor porcentaje se da en Asia con el 12%.

El estado de San Luís Potosí participó en esa naciente industria de la aviación, factor decisivo para el papel que María Marcos logró desempeñar. El antecedente más remoto de la aviación en México fue el 26 de marzo de 1918. Se integró la Flotilla Aérea de Operaciones Militares No. 1. Se desplazó por Querétaro, San Luis Potosí, Monterrey, Celaya, Irapuato y Guadalajara. El 12 de julio de 1921 se fundó, en la Ciudad de México, la Compañía Mexicana de Transportación Aérea (CMTA) propietaria de 4 aviones Lincoln Standard. Obtuvo una concesión por diez años para el transporte de pasajeros, correo y exprés entre México, Veracruz, Tuxpan, Tampico y San Luis Potosí.

Gracias a CMTA se hicieron exhibiciones aéreas en multitud de poblados del país y en todos ellos los lugareños asistían como espectadores o pagaban para dar un paseo por las nubes. De enero de 1921 al 31 de agosto de 1922 la empresa realizó 60 exhibiciones de acrobacias aéreas para más de 450,000 personas en 25 poblaciones, 4 de ellas en San Luís Potosí. Saber esto me da un mejor contexto para entender las acrobacias que María realizaba en su último vuelo.

Hay orgullo y dolor por las circunstancias de vida y muerte de las/los integrantes de la familia Cedillo. De María Marcos Cedillo, su papel es bastante claro como pionera en la historia de la aviación en México. Existen menciones precisas, indicios en las palabras que se usan para relatar su quehacer, ellas nos permiten afirmar: a).- Que fue piloto aviador (*en poco tiempo ya realizaba vuelos de grandes distancias,*), b).- Que fue instructora de vuelo, (*María volaba acompañada de su alumno José Ramírez)* y c).- Que realizaba rutinas de acrobacia aérea, (a*l realizar acrobacias en el aire y, al efectuar la maniobra aérea "barrena...*")

Ella es una de las mujeres pioneras en el campo de la aviación. Hay que leer entre líneas para clarificar su participación. Su historia ha inspirado a otras mujeres que decidieron seguir sus pasos, como Emma Catalina Encinas, quien el 12 de abril de 1932 obtuvo su licencia como piloto privado seguida una década después, en 1942 por Irma Walker Limón quien logró su licencia como piloto comercial.

En 98 años de historia de la aviación mexicana, 16 mujeres fueron registradas como pilotos. En pleno siglo XXI las mujeres pilotos siguen enfrentado escollos, entre otros: malas condiciones laborales, sexismo, machismo, dificultad de compaginar la profesión de piloto con la vida personal, aunque esta última, igual la enfrentan un porcentaje muy elevado de mujeres azafatas o asistentes de vuelo. A nivel mundial, solo el 5,18% de los pilotos de vuelos comerciales son mujeres. El país líder es India. Emplean mujeres piloto en un 12,4%. Esperemos que este siglo XXI sea pródigo en Igualdad y Paridad en el campo de la aviación.

"XX" o "XY", ¿QUIÉN DEFINE EL SEXO?...

Deben existir varias coincidencias para que se dé un embarazo. La mujer solo tiene 5 a 6 días fértiles cada mes. Son los días en los que son capaces de quedar embarazadas. Es el día de la ovulación y 5 días más.

Hay excepciones. Suceden cuando las mujeres ovulan más de una vez (hasta dos) en un solo período menstrual. A este proceso se le conoce como ovulación espontánea o híper-fertilidad.

Esta información es vital para las parejas que buscan un embarazo. También para las que no tienen estos planes. Para el grupo de los segundos siempre es conveniente usar los métodos para evitar un embarazo y/o contagio de infecciones de trasmisión sexual.

A pesar de lo responsable de esta conducta, también aparecen eslabones en la cadena de coincidencias. Una falla o un olvido del anticonceptivo, una rotura del preservativo y el embarazo y/o la infección se presentan.

Muchas personas ya lo saben. El óvulo de una mujer tiene dos cromosomas "X". El espermatozoide de un hombre tiene un cromosoma "X" y un cromosoma "Y".

Durante la fecundación, que es el proceso de la unión del óvulo y el espermatozoide, aportan un cromosoma cada uno. La mujer solo puede aportar cromosoma "X"

Es así que el cromosoma del hombre define el sexo del futuro embrión. Si el espermatozoide aporta un cromosoma "X", hará que el nuevo ser tenga dos cromosomas X, lo que determina que el sexo, será femenino.

Si el espermatozoide aporta un cromosoma "Y", dado que la mujer solo puede aportar un cromosoma "X" el sexo será masculino. Este proceso es aleatorio. No depende de la voluntad, deseos, calendario, posiciones ni nada, es solo el azar.

Mi mamá y mi papá deseaban tener un hombre. En él influía ¿la cultura?, ¿la tradición familiar? En ella posiblemente el deseo de complacerlo. Nací mujer. Ante el desconocimiento de la genética en el proceso del embarazo, él culpó a mi madre. Ella compartió generosamente conmigo esa culpa.

No me consuela saber lo frecuente de esta situación, más bien, preocupa que siga sucediendo en pleno siglo XXI. Me alarma la ignorancia, me enerva la terquedad de algunos hombres y la sumisión de algunas mujeres. Ambos siguen desestimando el conocimiento científico.

Aceptarlo conlleva para ellos riesgos culturales, enfrentar el imaginario "machista" respecto a su virilidad, fertilidad y su "*honor*". No se trata solamente de "*no saber hacer hombres*", lo que se considera peor es solo "*saber hacer mujeres*", aún subestimadas.

En una suerte de empatía, muchas mujeres reconocemos los orígenes y la ignorancia que se perpetúa con esta discriminación, pero también...la fortaleza y el orgullo de haberla superado. ¿Es el azar genético, coincidencia o Diosidencia? He sustentado las coincidencias que se requieren, sin embargo el patriarcado, el matriarcado y el marianismo insisten en sosegar los ánimos aludiendo a la voluntad divina.

Ya muchas mujeres y algunos hombres hemos entendido el profundo sentido de la frase de Simone de Beauvoir "*No se nace mujer, se llega a serlo*".

Eso...no sería una coincidencia

Usar indiscriminadamente un recurso, debe sancionarse. Para malbaratar recursos, basta el poder. La palabra malbaratar tiene como sinónimos desperdiciar, despilfarrar y malgastar, entre otros. Por algo será. Esperamos que quienes lo hagan sean conscientes de que enfrentarán el juicio de la historia. Un juicio cuyo jurado puede prepararse, es decir, quienes ejercemos la ciudadanía. Las voces, no serán una coincidencia. No se basarán en descalificaciones a priori. Se puede sustentar el tema con el conocimiento de especialistas y la experiencia basada en un marco de derechos humanos.

Usaré de ejemplo, digamos, los helicópteros. Como todos sabemos estos tienen la capacidad para despegar y aterrizar verticalmente, mantenerse volando en un mismo sitio y la capacidad de manejarlos a bajas velocidades.

Es por ello que la versatilidad de las naves, aunque con altos costos en renta o compra y mantenimiento, podría ser que resulten costo-efectivas. Para algunas acciones, es la única opción o la que más ventajas ofrece. Entre las actividades que pueden llevar a cabo se incluyen:

- Traslado urgente de personas, pacientes en estado crítico y órganos para trasplante.
- Luchar contra el fuego y apoyar el rescate de personas de entre las llamas y el humo.
- Apoyar la búsqueda de alpinistas en terrenos accidentados o náufragos en las aguas de ríos y océanos.
- Colaborar en la vigilancia e inspección de gasoductos, oleoductos y líneas eléctricas.
- Participar en fumigaciones aéreas en caso de emergencia agrícola, entre muchos otros.

Estas naves no se salvan de sufrir accidentes, es trágica la pérdida de las vidas de sus ocupantes. En este mismo año, un helicóptero de la Marina de México se accidentó durante el combate de un incendio forestal cerca de Jalpan de Serra, Querétaro. Llevaba un "*helibalde*" de 2.500 litros de agua para sofocar un incendio. Este apoyo es vital. En el primer semestre del 2019, el país ha registrado 104 incendios forestales.

Otro helicóptero sufrió una caída en aguas del alto Golfo de California, Fue durante labores de protección a la vaquita marina y combate a la pesca ilegal.

No tengo experiencia ni como pasajera. Dos veces estuve a punto de viajar en helicóptero. No me impulsaba la curiosidad, ni el atractivo de considerarlo un servicio de acceso restringido a emergencias, personas acaudaladas o con poder. Estaba aterrada. La primera fue debido a que un huracán había dejado incomunicadas varias localidades de la huasteca potosina. Solo en helicóptero era posible llegar a esas poblaciones.

El IMSS estaba a cargo de la vacunación y otras actividades de salud. Fui comisionada, junto con uno de los médicos, como responsables de la brigada de 4 profesionales de salud. Amaneció nublado y con lluvia. Nos informaron que no se podía volar en esas condiciones. Se pronosticaban dos días más sin posibilidades de volar. ¿Coincidencia? Fui comisionada a otra zona y respiré tranquila.

La segunda ocasión, me encontraba en una localidad rural, a cargo del personal de varias unidades de otra institución. El helicóptero que condujo a varias personalidades, que asistieron al evento, tenía una plaza disponible para su regreso a la capital. El funcionario encargado me la ofreció. Le expliqué que si no había inconveniente tenía que declinar, dado que, al regresar por carretera, debía supervisar varias de las Unidades bajo mi responsabilidad. Esperé su reacción (rezando en mi interior). Consideró que sería importante que cumpliera con los compromisos que había establecido previamente y agregó algunas recomendaciones. Apenas logré disimular mi alegría, ofrecí atender sus instrucciones y agradecí su atención. Bendita coincidencia.

Sé que los accidentes de aviación, causan menos muertes que los accidentes de tráfico. Tenemos tanto temor quizá porque los medios y las redes sociales han cubierto mejor los accidentes fatales y grupales de estas naves. He tratado de racionalizar este temor. Me consuela saber que está muy extendido. Una de cada tres personas tiene miedo a volar. A mí, solo me pasa con el helicóptero. He usado el avión como medio de traslado. No puedo negar que las turbulencias ante tormentas inesperadas me causaron ansiedad. Logré controlarme…a veces, luego de vomitar y asearme.

Solo pensar en el despegue y aterrizaje vertical del helicóptero me corta la respiración. Saber de su capacidad de girar sobre sí mismo me da náusea. Imaginar turbulencias de mayor impacto, dado su tamaño y estrechez me pone la piel *"de gallina"*. Si, lo reconozco, es una de mis cobardías.

Conocer Indicadores de rentabilidad económica es lo mínimo que podría pedirse a quien toma las decisiones y a quienes juzgan. La relación costo-beneficio conocida también como índice neto de rentabilidad, es un cociente que se obtiene al dividir el Valor Actual de los Ingresos totales netos o beneficios netos entre el Valor Actual de los Costos de inversión o costos totales. En el fondo de todo análisis significativo se encuentra una escabrosa pregunta: ¿Cuánto cuesta una vida humana?, ¿Cuánto los días de vida perdidos? ¿Cuánto la limitación de complicaciones o secuelas?, ¿Cuánto la calidad de vida?, etc. etc.

El Presidente López Portillo consideraba que deberíamos "*prepararnos para saber administrar la abundancia*", este gobierno habla de "Austeridad", ante lo cual podemos prepararnos para alertar con datos cuyas evidencias sean irrefutables.

Ni permitir el uso indiscriminado de recursos, ni la impunidad. Ni malbaratar recursos, el dinero que se obtenga puede resultar tan poco, en comparación con las erogaciones y pérdidas que su carencia ocasione. Un ahorro puede costar tan caro en recursos como en vidas humanas. Eso, no sería una coincidencia.

En el terreno de las adicciones

Ella necesitaba estudiar más de 12 horas diarias para salir adelante en su especialidad. No sé si solo era el temor al fracaso o intentaba sobresalir. El fármaco dependencia fue una de las adicciones que enfrentó. Usaba anfetaminas, para mantenerse despierta, necesitaba hiperactividad para cumplir con las tareas, aunque su apetito disminuyó.

Una noche, minutos después de tomar la pastilla, se recostó mientras la anfetamina surtía efecto. Sintieron como el suelo se empezó a mover, la cama y la cortina se balanceaban o eran náusea, se preguntó. Las luces se apagaron, empezó a pensar que como efectos colaterales de la pastilla: ¡era demasiado! Cayó en cuenta que… ¡era un temblor! el primero en su vida. Despertó a su compañera de cuarto y ambas se ubicaron bajo el marco del closet….al parecer una de las medidas recomendadas.

Sentían las sacudidas bajo sus pies, tal vez fueron segundos o minutos. Luego el movimiento cambió a oscilatorio, por la ventana podían ver luces de relámpagos o cortos circuitos. Iluminaban el horizonte. Finalmente terminó, luego supieron que la intensidad fue de +4 grados Richter. Al salir de la habitación, encontraron a todas las compañeras y el personal de esa Casa de estudiantes. Todas rezaban o lloraban o se abrazaban. Las lágrimas suelen aparecer en una suerte de empatía y angustia compartida. Lo bueno del espíritu gregario es la posibilidad de confortarse en momentos como este.

Al día siguiente, sintiendo ansiedad, llegó a la primera conferencia. Se percibía una gran ansiedad en el grupo. El conferencista de ese día fue el Dr. Jorge Vilchis. Lanzó alegremente una pregunta "*¿Y que, como diría el perico, como les fue de temblor?*" Esta frase alude a un chiste picaresco. Fue suficiente, las risas fluyeron y el grupo pareció tranquilizarse.

Esta experiencia la retiró de los fármacos que había empezado a probar. Suele subestimarse el riesgo ante los fármacos diciendo que nada que ver con las drogas y otras mezclas. Sin embargo, había bajado 8 Kg. de peso, vivía con insomnio y ansiedad. Logró recuperar el control y su peso en unos meses.

Entre los medicamentos que son capaces de causar adicción, dependencia y tolerancia había probado: antihistamínicos, analgésicos, ansiolíticos y sedantes.

Pocas veces les llamaba drogas, aun conociendo su poder adictivo. Es frecuente minimizar efectos colaterales. En aquellos años empezó a fumar. El tabaquismo es otra de las adicciones en la que estaba por caer. Solo fumó algunos meses. En ocasiones, pidió a quienes fuman que apaguen el cigarro. La mayoría lo hacía, aunque de otros/as le costó miradas furibundas, desdén o negativas tajantes.

Las adicciones, un tema interesante, controversial y que ocasiona grandes daños a la salud, la economía y la vida en todas las etapas de la vida.

Autobiografía selecta...

¿Quién me compra una
naranja para mi consolación?
Una naranja madura en
forma de corazón.

José Gorostiza.

Se dice que los gatos tienen 7 vidas en los países hispanohablantes, mientras que en los países nórdicos tienen 9. No se si para los seres humanos habrá un promedio aceptado. Uno podría enlistar las ocasiones en que seguramente, se gastó cada una de sus "*vidas*". En lugar de jugar a la casita me puse a jugar con mi memoria. Así encontré que:

1.- En 1952, a los 8 años de edad, padecí tosferina. La vacuna empezó a aplicarse en México hasta 1954. Este padecimiento era una de las primeras causas de muerte infantil. Las medicinas del médico y los remedios de mi madre me devolvieron la salud.

Uno de esos remedios fue...beber leche de burra. Ya como enfermera me entero que Hipócrates, ensalzaba las virtudes de tal producto. Era popular en la antigua Roma. Sse usó medicinalmente en Francia hasta el siglo XX. Finalmente, en la actualidad, se acepta que puede mejorar el sistema inmunológico. Han descubierto que contiene Inmunoglobulina y

Lisozima. Además de que en su composición, es la más cercana a la leche materna, en función de su nivel de pH y su composición nutricional.

2.- A los 10 años de edad un ciclista me atropelló, la caída fue violenta, mi cabeza pegó en el filo de la banqueta, tuve "*conmoción cerebral*", perdí el conocimiento varias horas. El médico dijo que no había nada que hacer, más que esperar, queda claro que…aun seguí aquí.

3.- Sufrí varios asaltos a manos de la delincuencia. En uno de ellos el asaltante jaló bruscamente la correa de mi bolsa. Para su sorpresa, reaccioné jalándola con fuerza. Me sujetó de ambos brazos para tirarme al piso. Me agarré de su chamarra así que ambos perdimos el equilibrio y caímos. En este punto la lucha era evidente, pero a pesar de mi solicitud de ayuda, nadie intervino. Me defendí como pude, recibí algunos golpes pero también los regresé. El terminó por huir al ver que no soltaba la bolsa. La rabia y la impotencia nublaron mi mente. Instintivamente tomé algo y se lo lancé pegándole en la espalda. Lo bueno que siguió corriendo hasta perderse en la multitud. Reclamé a las personas que se limitaron a ver el asalto, impávidas y en silencio empezaron a retirarse.

Recogí las pertenencias que habían quedado dispersas en el suelo y me fui a casa. No bien entré, las lágrimas y el temblor aparecieron. Soporté sermones y consejos mal argumentados, pero bien intencionados. Tuve como secuelas algo de stress por algunos días. La sombra de la rabia aún renace de manera cotidiana, ante la violencia cada día mayor de los delitos.

4.- Son causas de muerte la pre-eclampsia y la infección puerperal. Sobreviví en ambas, las tuve en mi primer y segundo embarazo respectivamente. No dejo de pensar que mi abuela María falleció hace más de 50 años de lo mismo que padecí: infección puerperal.

Una puede entender que las expectativas de vida en el mundo aumentaron a raíz del descubrimiento de la penicilina en 1928, gracias a Alexander Fleming. Luego hubo otros antibióticos, gracias a los cuales yo pude superar esta complicación.

5.- Tuve varios choques en auto, tres de ellos en carretera ya que mi trabajo implicaba viajar constantemente. El más leve me causó fractura de tres huesos de la muñeca, el piramidal, el semilunar y el escafoides, la inmovilización con yeso fue obligada. Otro, solo me ocasionó golpes leves pero el peor de todos, me causó fractura del tabique nasal, lordosis (rectificación de las vértebras cervicales) y tres costillas fracturadas que me ocasionaron graves complicaciones.

Al perforarme la pleura del pulmón tuve un hemotórax, situación que causó hemorragia interna y un dolor intenso. La sangre entraba en el espacio pleural. Ya en urgencias pudieron vaciarla insertando una sonda. El dolor disminuía o yo perdía la conciencia, o ambas situaciones. No sé. Posteriormente supe que había perdido más de dos litros de sangre. También, me informaron a quienes debía agradecer la donación.

La atención de las/los profesionales de salud fue excelente. Sin embargo, una complicación se presentó. Hubo entrada de aire en el espacio pleural. Se originó un neumotórax. Esto si me alarmó, por primera vez pensé en la posibilidad de morir. Lo que más me inquietó era la posibilidad de sufrir un paro cardiaco, que me reanimaran y me dejaran en estado vegetativo. Es un temor que rebasa al de la muerte. La cirugía fue impecable. Aunque el postoperatorio fue lo más insoportable que recuerdo. El dolor muscular en mi espalda y hombro era intenso. Se conjuntaron varias causas, una posición forzada por varias horas, falta de movimiento y tensión muscular y seguramente la carga emocional.

El cuadro ya duraba varias semanas. El tratamiento, terapia física y ejercicio, ayudaron en la recuperación. Dos meses después me reincorporé a mi rutina de trabajo. No quedaron secuelas ni discapacidades. Aunque, hay algo de cierto en la frase…*"después de un accidente, nada es igual"*. Repito medio en serio y en broma que, ese día volví a nacer.

6.- Los accidentes y las caídas han sido una constante en mi vida. Entre los factores de riesgo puedo citar el deporte, el trabajo, los viajes y después de los 65… la edad. Se sabe que las caídas son la quinta causa de muerte entre la población mayor de 65 años, hace un rato que ya crucé esa línea. Una de esas caídas fue en el supermercado, me dejó una fisura en la rótula, el yeso no me impidió ni el desplazamiento ni faltar a las actividades que sigo realizando.

7.- Entre las peores consecuencias debo citar una caída…al llegar a mi casa. Sigo sin poder creerlo. Recuerdo haber tropezado con algo al entrar a la sala, llevaba una mano ocupada con mi portafolio y la otra jalando una maleta, así que "*ni las manos metí*" completita hasta el suelo fui a dar.

Perdí el conocimiento, mi hija y mi nieta llamaron una ambulancia, aparentemente convulsioné unos minutos. Desperté y vi a los paramédicos entrando a la sala, con la camilla. Me dolía la cabeza, el hombro izquierdo y todo el cuerpo.

En el hospital me hicieron los estudios necesarios. Los diagnósticos finales fueron; sin daño cerebral y lesión solo en el hombro (el manguito rotador). Me dieron como alternativas una cirugía o rehabilitación. No lo dudé un segundo, estuve varios meses en rehabilitación, usando cabestrillo, falté dos días al trabajo.

Concluyo repitiendo la pregunta inicial ¿tendré más vidas que un gato? A veces les llamo "*achaques*" a la presencia de síntomas como dolor, malestar o insomnio. Una buena práctica es la historia clínica que los médicos se empeñan en actualizar, para seguir un protocolo de Calidad, una atención integral y por supuesto en este siglo XXI, prevenir demandas legales.

Yo creo que puedo usar este ejercicio que podemos clasificar como infantil, para reflexionar la pertinencia de hacerme una pregunta con la misma candidez, los desenlaces fueron ¿Coincidencias o Diosidencias?

Me da Ud. una bendita caridad...

"La caridad es humillante porque
se ejerce verticalmente y desde arriba;
la solidaridad es horizontal e implica respeto mutuo".

Eduardo Galeano.

Ella pasaba 2 a 3 veces por semana entre 5 y 6 de la tarde. Seguramente tenía más de 90 años. Caminaba con dificultad ayudándose de un bastón. Siempre con su bolsa de ixtle en la otra mano. Pedía un "*taquito*" o lo que fuera para comer. Usaba una frase que nunca olvidaré, la cantaba: "*Me da usted una bendita caridad, por el amor de Dios señorita*". Yo buscaba en el refrigerador y le preparaba algo.

En ocasiones se sentaba en la banqueta a comer lo que le había dado. Otras, lo guardaba cuidadosamente en su morral. Algunas veces rechazó apenada algunas latas de comida. "*Son pesadas y voy lejos*" me explicó. El dinero si lo aceptaba, llegué a dárselo cuando no había algo mejor.

Sus cabellos eran tristes. A veces los cubría con la capucha de un raído abrigo. Otras, se podían ver colgando bajo su rebozo, casi tan antiguo como ella. Sus ojos se veían opacos, seguramente su visión no era muy buena. Su rostro estaba surcado por arrugas, como si la sed de sus años las hubiera dejado más profundas. Su cuerpo se movía despacio, parecía arrastrar su soledad, de oscuras penas. Un retrato de una vejez, esa a la que nadie aspira para su futuro. La escena, era ya cotidiana. Un día, la lluvia mojaba la tarde y los cristales del ventanal de la sala. Vi su figura y salí con un paraguas. Pase a la casa, no se moje, la invité. Ella se negó agradeciendo. Las gotas dejaron pasar su voz y la frase muy suya pidiendo algo de comer. Lo preparé y se lo entregué, se fue bajo la lluvia. Solo me tomó unos segundos arrepentirme y salir tras ella sintiendo la culpa de haber hecho tan poco.

"*Que anda haciendo en la lluvia, le puede hacer daño*", fueron mis palabras cuando ella estaba a punto de tocar en la casa de la vecina. "T*engo que llevar algo a la casa*" me contestó. Tenía tantas preguntas y cosas que decir respecto a la familia con la que vivía. Pero me las callé. "*Que le parece si la llevo a una casa donde hay muchas personas de su edad. Ahí la pueden atender, le dan su cama y sus comidas. Hay enfermeras, doctores, conozco a la directora y podría recibirla hoy mismo*". Ella se soltó con firmeza y se alejó unos pasos mirándome como si la hubiera insultado.

"*¿Me quiere llevar al asilo? Si yo tengo mis hijos y nietos, me busco mi taquito para no ser una carga, pero tengo mi familia. Ellos me dejan salir a donde y cuando quiero. En el asilo, la encierran a una, yo nací libre para andar por los caminos. Un día me encerraron en una casa, dizque de la tercera edad y me estaba marchitando, como las flores cuando no las riegan. Para mí, la libertad es más que mi alimento*". Sus ojos se humedecieron, siguió hablando. "*Desaparecería* *todo lo que fui, y todo lo que pude ser, me quedaría con menos que nada, así, no podría vivir"*, el sollozo y sus lágrimas se quedaron en mí. Aún brotan cuando la recuerdo.

"No quise molestarla" agregué a manera de disculpa. Le aseguré que no volvería a tratar el tema. Le di un abrazo y recomendaciones para que se cuidara. Apenada y triste regresé a la casa. En las tardes de lluvia me regresa su voz. No olvido su mirada, su rechazo, sus palabras.

No sé si calificarlo como coincidencia o premeditada su desaparición. Ella nunca volvió a tocar a mi puerta. Diariamente me asomaba al silencio de la tarde. Puedo asegurar que nunca volvió a pasar frente a mi casa. Mi memoria conserva sus palabras, aún las guardo en la confusión de mis recuerdos.

Primeros Auxilios para Scouts

Se es pionera cuando el conocimiento internacional llega a alinearse con tus propósitos. Una de mis hijas estuvo en los 90s con las Gacelas en el Grupo 11 de los Scouts en San Luís Potosí. Se reunían cada semana frente a la Iglesia de la Santa Cruz. La organización Mundial del Movimiento Scout tiene más de 45 millones de miembros activos en 216 países y territorios. Cerca de 200 millones de personas han sido Scouts en algún momento de sus vidas.

Mi hija Erika Magaly, ingresó al grupo a los 7 años y permaneció tres años. En ese entonces yo dirigía una asociación civil. El enfoque de la asociación era en la salud, la educación de adolescentes, de mujeres, del medio ambiente y los derechos humanos. Como muchos saben, para los grupos más jóvenes de los Scouts el objetivo es inculcar los valores de la honradez, la ciudadanía y las habilidades al aire libre. Su lema es "*Siempre listo*" y su eslogan les impulsa a "*Hacer una buena acción diaria*". De hecho el fundador de los Scouts, Robert Baden Powell acotó varias frases. Una de ellas es que "*El scout deja el mundo mejor de cómo lo encontró.*"

Entre mi asociación y la de los Scouts a nivel local, la afinidad se daba en objetivos y programas. Además, la participación de mi hija propició afecto, camaradería, y amistad con algunos/as de los dirigentes e integrantes Scouts. Comentamos la posibilidad de realizar algunas alianzas, proyectos conjuntos. Empezamos por hablar del medio ambiente y generar una actividad.

Se recogió periódico (por las/los integrantes de los Scouts y de mi asociación). Aprendimos que un siguiente proyecto debe contar con una bodega. Lo habíamos colocado en la cochera de mi casa y esa noche llovió. Vendimos el que logramos poner a resguardo. Con los recursos se adquirió el material con el que se impartiría un curso de primeros auxilios al grupo de Gacelas.

Nos faltaba la maestra. Como enfermera tenía la capacidad para desarrollarlo pero... Olvidé mencionar que además de la asociación civil trabajaba en el Seguro Social y en otra asociación para la que tenía que viajar. Una necesidad insatisfecha era el tiempo, me urgía "*para darme cuenta y para darme cuerda*", como diría Mario Benedetti.

Afortunadamente la Maestra Tania Lara se hizo cargo del grupo y del curso con el apoyo de Martha Beatriz Ortega. La maestra es una profesional de Enfermería con varios posgrados. Por las mañanas trabajaba como Jefa de Enseñanza en el Seguro Social. Aún la recuerdo desplegar la paciencia que se requiere para enseñar lo elemental de los primeros auxilios a menores de 10-12 años. Para nosotras era claro que quienes asistieron eran capaces de aprender algunas cuestiones teóricas. También desarrollar las habilidades mínimas apropiadas a su edad y a los eventos que podrían enfrentar. Varios países, incluido el nuestro, habían puesto en marcha algunos programas piloto de enseñanza de RCP* a escolares. Se ha demostrado que los niños son capaces de asimilar los conocimientos y habilidades necesarias para realizar estas maniobras. Además de transmitirlos entre sus propios familiares y amigos.

Al fin me he dado el tiempo para contar esta experiencia. Seguramente han realizado estas acciones instituciones y asociaciones civiles con los Scouts. Espero que se encuentre entre las buenas prácticas. Lo valioso de la nuestra, que tal vez fue de las precursoras, fue en San Luís Potosí, en los 90s.

Encuentro varias ¿coincidencias o Diosidencias? que seguramente facilitaron el proceso. La buena relación con los dirigentes Scout, el grupo de Gacelas interesado, las maestras con el perfil apropiado y la disposición para colaborar, de todo ello tomaba ventaja mi inquietud, dada mi formación en Salud pública. Tania y Beatriz, trabajaron con el grupo. Entregaron su mejor esfuerzo en cada clase, en el diseño del plan de enseñanza, en la preparación de los contenidos, en la elaboración de los materiales didácticos que utilizaban y en las pacientes demostraciones que hacían. Gracias "*cuñaditas*" y demás colegas por su participación, por ser nuestras aliadas y compañeras en esta y otras aventuras, ustedes fueron, ni duda cabe, las responsables del éxito de este trabajo de equipo.

En Guatemala

No voy a hablar de la Declaración de Guatemala para una Maternidad Segura, aunque conocí a Jane asistiendo a la Conferencia Centroamericana en ese país. Se llevó a cabo del 27 al 31 de enero de 1992. Varios países de América enviaron representantes de gobierno y de la sociedad civil.

El objetivo se logró. Fue un importante paso para ampliar el compromiso, diversificar las estrategias y líneas de acción en el camino hacia una Maternidad Segura en la Región.

Mi relato se enfoca en la serie de coincidencias que viví estando en ese país. Jane era integrante de una de las agencias norteamericanas que asistieron al evento. Coincidimos en varias presentaciones. Ella solo hablaba inglés, así que, tuve oportunidad de practicar mis conocimientos del idioma. Jane me pidió acompañarla a un recorrido por Antigua, declarado patrimonio de la Humanidad desde 1979. El programa incluía visitar la Ermita de la Santa Cruz, el Convento de la Concepción, el Hospital de San Pedro y otras construcciones de origen colonial y arquitectura renacentista.

Llegamos a Antigua. Pudimos observar construcciones dañadas por el terremoto de 1976, el guía nos explicaba. Empezamos a caminar cuando encontramos un letrero y unas fotografías de menores. Todos tenían características del síndrome de Down. Ella se interesó y me pidió que entráramos. Avisé al guía, me advirtió que estuviéramos en el autobús a la hora señalada para el regreso.

Entramos al lugar. Era una asociación civil. Había muchas fotos mostrando el trabajo que realizaban con estos niños/as. Nos enteramos de sus dificultades económicas. Incluso de las restricciones para alimentar a los niños que allí vivían. Tenían pelotas para jugar con ellos y unos pocos materiales didácticos que usaban las maestras, madres o familiares en la terapia de los niños.

Conocimos a la directora, las maestras, los niños y sus familiares. Estaban ensayando para un próximo festival. Eran más de 20 de 4 a 12 años. Jane luchaba por contener sus lágrimas. Estuvimos platicando con las maestras. Todas esperaban lograr que los niños/as pudieran valerse por sí mismos. Tenían un Coro, aún no muy bien afinado. Esperaban conseguir fondos para contratar a un maestro de música.

Jane parecía estar muy enterada de los ejercicios que podían favorecer el desarrollo de estos pequeños. Estuve traduciendo para las maestras las sugerencias que ella mencionaba. Se enfocaban a tratar de eliminar su tendencia a la gordura. También mencionó actividades que les ayudaran a fortalecer sus músculos y mejorar su sistema respiratorio. Hasta realizó para ellas demostraciones de actividades físicas. Lastimosamente no contaban con bicicletas. Jane enfatizó la necesidad de adquirirlas y buscar otros elementos. Describió como improvisar juegos de mesa y un gimnasio. Mencionó la utilidad de los rompecabezas, juegos de memoria y libros para colorear. Insistió en que los instrumentos musicales les serían de gran utilidad.

Hicimos una relación de las más apremiantes necesidades. Jane sacó de su bolsa quetzales y dólares y los entregó a la directora. Ella, sorprendida, solo acertaba a agradecerle. Yo busqué en mi bolsa y por solidaridad entregué una parte de mi capital, que no era mucho. Jane me advirtió que no me preocupara, que ella estaría buscando fondos en su cuenta bancaria al siguiente día. Nos despedimos, ya solo nos quedaba tiempo para regresar al autobús que partiría para Guatemala.

Al regreso, Jane me comentó: "*la pobreza es la que impone límites a estos niños. Mi hija tiene síndrome de Down, pero es una niña que ha contado con todo lo necesario. Hoy asiste al sistema educativo regular. Está por terminar "High School", practica gimnasia y toca piano. Ver esos niños me hizo pensar en cual habría sido su destino si hubiéramos vivido con estas limitaciones.*

Recuerdo a Jane como lo que es, una excelente profesional trabajando en el campo de la salud reproductiva. Una mujer sensible, una madre luchadora, una ciudadana con la solidaridad que nuestro mundo necesita. No recorrimos Antigua, pero la evoco en las fotografías y videos de ese bello lugar. Nuestro tiempo fue mejor aprovechado. Me dejó los matices necesarios para preguntarme si esta experiencia fue ¿coincidencia o Diosidencia?

"Sin esperanza, se encuentra lo inesperado."

En un vuelo de trabajo hice escala en San Antonio, Texas para conocer la ciudad. Visité algunos de los sitios turísticos. Al regresar al hotel, estaba agotada. Mis planes para el siguiente día incluían una rápida visita al Instituto Cultural Mexicano. Mi vuelo salía a las 15 horas.

Me puse a leer el periódico. Encontré un anuncio del Instituto Cultural Mexicano. La apertura de una Exposición de pintores mexicanos para el día siguiente a las 18 horas resaltaba en primera plana.

Mi vuelo salía a las 15 horas. Suspiré resignada. Luego de una ducha leí de nuevo el periódico. El número de teléfono del Instituto Cultural de México aparecía en la parte inferior. Lo marqué. Una voz me contestó: Instituto Cultural Mexicano, ¿qué puedo hacer por usted?

"*Acabo de enterarme que mañana se inaugura una Exposición pictórica*". Comenté, "*Así es*", contestó describiendo las características de la obra, le interrumpí para preguntar "*¿Podría hacer una visita por la mañana antes de la Inauguración*? "*Solo estoy de paso, vivo en San Luís Potosí*".

Me contestó "*lo siento, no es posible*". Luego, tal vez para no parecer tan cortante agregó, "*mmm, ¿San Luís Potosí? tengo una amiga que vive en esa ciudad*". Recordé mi ciudad, con más de 1 millón de habitantes. Una obligada cortesía me hizo contestar con otra pregunta, *¿cómo se llama su amiga*? ", "*Andrea Saldaña Rivera*", contestó.

¿Andrea Saldaña Rivera? repetí incrédula. "*¿Con quién hablo*?", *¿Con quién quiere hablar*? me contesta la voz "*No, mire, es que... yo soy Andrea Saldaña Rivera, ¿cómo obtuvo mi nombre?*", el desconcierto me bloqueaba, no podía imaginar ninguna explicación lógica.

"*¿Andrea? ¿Eres tú?, soy Cervantes, la última vez nos vimos en Oaxtepec cuando yo trabajaba en el Seguro Social. "Colaboré entonces con la Dra. Georgina Velásquez en Medicina Preventiva. ¿Recuerdas que coordinaba la logística de las reuniones?*", "*¿Dr. Cervantes*? *repetí entre divertida y asombrada*", "*pero, como es posible, ¿qué haces en este lugar*?" "*Te conocí encargándote de la Red fría para enviar las vacunas, ¿qué tienes que ver con pinturas?* siguiendo el tono del comentario él contestó "*son más difíciles y mucho, pero muchísimo más costosas*".

Ambos reímos. Compartimos lo más relevante de nuestro presente. Nos atropellaba la incredulidad del momento vivido. Aunque ahora ya nos habíamos tranquilizado. "*Es que es increíble*", repetíamos ambos. "*Yo ni siquiera contesto el teléfono, lo hice porque los empleados ya se habían ido*" agregaba él. Yo reía también. Concretamos una cita, me ayudaría a visitar la exposición, lo demás se lo pueden imaginar.

Recordé unas palabras que quedan como anillo al dedo para esta situación: "*Cuanto más planifique el hombre su proceder, más fácil le será a la casualidad encontrarle*". Aunque... no solo fue una coincidencia, fueron tantas, me parece mejor la frase de Heráclito de Efeso que tomé para título de esta ¿coincidencia?

Una lección de autoestima

La autoestima, de acuerdo con Wikipedia, es un conjunto de percepciones, evaluaciones, sentimientos y tendencias de comportamiento dirigidas hacia nosotros mismos. Hacia nuestra manera de ser y de comportarnos. Finalmente se enfoca en los rasgos de nuestro cuerpo y carácter. En resumen, es como nos percibimos y evaluamos a nosotras mismas. Por lo tanto, determina el sentido de nuestra valía personal.

He abordado el tema de autoestima desde el inicio de mi carrera, lo he planteado de muchas maneras. La docencia ha sido una actividad en mi vida profesional. Esta anécdota sucedió mientras colaboraba en el Gabinete de Enfermeras y Centros de Orientación. (GECO, A.C.)

Dos colegas Enfermeras, Patricia Jara y Rebeca Pineda, fueron las encargadas de llevar a cabo un curso para capacitar adolescentes en cuidados de enfermería. Se reclutaron y seleccionaron a las interesadas con el apoyo de Dolores, la trabajadora social del grupo. Las alumnas fueron 8 internas del Consejo Tutelar en los años 90s. Consecuentemente todas eran menores de edad. La mayoría había ingresado por diversos delitos. Como resultado, a su escasa autoestima se sumaban limitaciones educativas. Especialmente relevante era su inseguridad y sentimientos de inutilidad.

Una de ellas, intentó escapar brincando una barda de tres metros. Una fractura fue el epílogo. Sin embargo, no existían programas de capacitación. Como resultado, no identificaban muchas expectativas para su futuro. Saldrían de la institución al cumplir 18 años.

La dirección del Consejo Tutelar nos autorizó impartir el curso a quienes aceptaran participar. Con esta capacitación podrían auxiliar en los cuidados domiciliarios de enfermería. Les habíamos impartido cursos de manualidades y de sexualidad para adolescentes. Preparamos el programa de acuerdo al perfil de estas jovencitas. Además de enfocarnos en los objetivos técnicos cubrimos otras necesidades de las participantes. Entre ellas la autoestima, actitudes, sexualidad, conocimientos y motivación para generar una nueva visión de vida. Preparamos contenidos, materiales y prácticas relacionadas con el cuidado de enfermería.

Elaboramos un examen final teórico-práctico. Se aplicó evaluación del curso y de las maestras con las opiniones de las alumnas. Las respuestas eran de opción múltiple y abierta con espacio para comentarios. Se entregaría Constancia a quienes aprobaran. El diseño estuvo a cargo de la hoy administradora, María Esther Morales. Incluso preparamos un "show" y llevamos bocadillos. Yo estuve con ellas ese día.

El examen transcurrió sin incidentes. Se realizó en el dormitorio donde habíamos impartido el curso. Me conmovió la seriedad, incluso el leve temblor que había en algunas de las alumnas durante la devolución de los procedimientos. Todas las evaluaciones fueron sobresalientes. Al final, hicimos el intento de empezar a entregarles sus Constancias. Tranquilas, pero con firmeza nos pidieron detenernos.

Nos informaron que habían gestionado y obtenido autorización para que pasáramos al Auditorio de la institución para dar la "*debida*" formalidad a la Ceremonia de entrega de Constancias. Nos miramos entre incrédulas y conmovidas. Los guardias nos abrieron las rejas. Caminamos por el espacio de la administración y llegamos al Auditorio. Realizamos la entrega de Constancias con la "*debida formalidad*". Por supuesto hubo fotografías. Aún recuerdo que caminaban erguidas y satisfechas al escuchar su nombre. Algunas con lágrimas, emocionadas. Todas, aferrándose a nuestro afecto en cada abrazo. Su mirada se iluminaba ante nuestras palabras de buenos deseos, la de nosotras se humedecía con sus frases de agradecimiento. Se veían confiadas, mencionaron sentirse aptas para la vida, valiosas. Se habían sentido aceptadas como personas. Sin duda el mejor ingrediente fue el afecto y la solidaridad de todas las que participamos. Autoestima y auto respeto, los conceptos no podían estar mejor representados.

El recuerdo quedó en nosotras, desde hace años. En el Consejo Tutelar, una lección de autoestima generó un aprendizaje de vida para las internas, pero sobre todo... para nosotras como facilitadoras.

Nota: *Una de las alumnas egresó del tutelar meses después. Supimos que estaba trabajando. Cuidaba a una enferma. Esto animó a sus compañeras a seguir practicando lo aprendido.*

*Consejo Tutelar (Centro de reclusión para adolescentes transgresores)

Emergencia aleccionadora

Muchas ocasiones, lo que nos ocurre, debe haber sido planeado para nuestro aprendizaje. No imaginé que solo llevar a mis hijos a su clase de inglés me resultaría aleccionador. La maestra daba clase en su domicilio.

Apenas toqué la puerta, apareció ella. Bañada en lágrimas, el rostro descompuesto, solo alcanzó a decir "*...se muere, se muere, ayuda por favor*". Como enfermera, probablemente había participado en cientos de emergencias. Lo primero que hice fue tratar de tranquilizarla al tiempo que me llevaba ante el paciente. Fue toda una sorpresa. "*...se muere, se muere*", seguía diciendo, "*se muere, mi pajarita...*". En ese momento y ante mi sorpresa, colocó un ave en mis manos.

Probablemente por ello recordé una de las frases entre chuscas y filosóficas de uno de mis maestros: *"cuidado, acuérdense que si no saben, no metan mano, porque meten la pata"*. La pajarita apenas podía respirar, yo no sabía nada de veterinaria, pero la taquipnea era síntoma inequívoco de emergencia. Por lo tanto puse gran cuidado al revisarla. Encontré una gota de sangre en lo que sería una pequeña abertura, si no estuviera obstruida por lo que parecía ser... ¿un huevo? Sentí especialmente su abdomen distendido. Al parecer el ave reaccionaba con dolor cuando lo tocaba.

Pude intuir letargo y debilidad por sus ojos cerrados. Mantenía su pico abierto en busca de aire. Mi mente se atrevió a sugerir casi un diagnóstico: retención de huevo. Pedí un poco de aceite y traté de lubricar los bordes que asomaban entre las plumas, ligeramente manchadas de sangre. Le indiqué traer un gotero con agua y colocamos una gota en su pico. Pensé que habría que prevenir la deshidratación. Encontré tragicómicos mis pensamientos, pero actué como una profesional. Sabía que requería de ayuda especializada para la extracción... ¿quirúrgica? oooops. "*¿Sabe de algún veterinario cerca?*". Le pregunté.

Fuimos en mi vehículo. Luego de entregar el ave al profesional, pude comprender el sentimiento de alivio de los familiares de mis pacientes, cuando llegan al área de urgencias. Esperamos junto a la maestra. Consecuentemente nuestra ansiedad tenía dos diferentes motivos. La de ella obedecía a sentimientos por esa ave. Debo confesar que imaginaba al veterinario saliendo... con el ave en sus manos y una mirada acusadora en busca de la responsable. Empezamos a tranquilizarnos. El consultorio estaba suavemente iluminado, había música ambiental, relajante, a un volumen bajo, apenas perceptible. La entrada de nuevos pacientes rompía la monotonía. Especialmente relevante me pareció la inmediatez de la atención. Al menos, los canalizaban a un cubículo cerrado. Tranquilizaban a sus acompañantes quienes permanecían junto a nosotros, en la sala de espera.

Finalmente el veterinario salió con la pajarita, superó la complicación. Para mi quedó como una lección de vida. Él explicó que había tenido que vaciar el huevo, para poder extraerlo. Nos felicitó por las medidas que habíamos aplicado. Estoy convencida, toda enseñanza sirve de lección para la vida. Me pregunto ahora como se conjuntaron tantas variables para que este evento tuviera lugar, será que deberíamos aplicar la frase "*Os aseguro que cada vez que lo hicisteis con el más pequeño de mis hermanos, lo hicisteis conmigo*".

Si digo NO, es NO

Él era profesionista, con su carrera en ascenso. Cuerpo atlético, rostro agradable, manos suaves, buscando con frecuencia las de ella. Era la primera vez que ella visitaba la ciudad donde él acababa de mudarse. Él había aceptado la Dirección de una importante empresa en esa ciudad, bastante lejos de donde ella vivía. Cenaban en el Restaurante del Hotel donde ella se estaba alojando.

Hablaban del trabajo, uno de los temas de conversación que ninguno agotaba. Tenían poco tiempo de haber empezado una relación ¿de amistad? El cantaba en su oído, quedo, tierno y apasionado a la vez, había atracción mutua, ella sonreía halagada por el cortejo.

Más tarde, ella vio el reloj, sugirió dar por terminada la velada. El pidió la cuenta y empezaron a planear la cita para el día siguiente. Caballeroso como siempre la tomó del brazo para acompañarla a su habitación. Caminaron lento, su voz y sus miradas hablaban a la vez, querían prolongar el tiempo y la cercanía.

Al llegar frente a su habitación ella abrió la puerta y volteó para despedirse, él la abrazó y la empujó bruscamente hacia dentro, cerró la puerta tras de sí. Su fogosidad podría explicar que buscara sus labios, el beso, el primero entre ellos, era apasionado pero muy diferente de lo que ella había imaginado. La incredulidad la paralizaba, se sintió avergonzada, culpable, tal vez había enviado señales equivocadas. Se preguntaba que había hecho mal.

Pensó que la excitación del momento no le permitía expresar el miedo que ella estaba sintiendo, aun así repetía... NO, NO. Esas manos habían aprisionado sus brazos. Su cuerpo se pegaba con fuerza al de ella empujándola... hasta hacerla perder el equilibrio. Cayeron sobre la cama, quiso gritar, pero se dio cuenta que esos labios se habían vuelto una perfecta mordaza sobre su boca.

En tanto más se resistía, el usaba más fuerza para controlarla, empezó a desabrochar su vestido, ella sintió lágrimas de impotencia saliendo de sus ojos. Recordó aquella frase, ¿cómo era? "Rendirse *es de cobardes, más rendirse por completo y enfrentar las consecuencias, eso, es de valientes*"...respiró profundo, fingió serenidad, aceptación, dejó de forcejear, su docilidad pareció sorprenderlo, entonces él aflojó la presión de sus labios y ella correspondió a la caricia. Ella, se concentró en la atracción y el deseo, su cuerpo entendió y la respuesta sexual no se hizo esperar.

> *Por ello él, más confiado, soltó uno de sus brazos y aunque seguía sujetándola con el otro brazo empezó a acariciarle el rostro suavemente, ella usó su brazo liberado para abrazarle mientras seguía besándolo, le susurró al oído, "...déjame quitarme la ropa", por fin, él la soltó y empezó a aflojarse el cinturón de su pantalón. Por algunos segundos ella empezó a desabotonarse el vestido, luego, ante su sorpresa...ella saltó de la cama, fue hacia la puerta y salió corriendo hacia la administración del Hotel.*

Al llegar a la recepción no supo que hacer, esperó unos minutos, estaba segura que él se aparecería. Llegó minutos después. La enfrentó como si nada hubiera pasado. "¿Por qué hiciste eso? le preguntó él en voz baja, Somos adultos, nos atraemos ¿qué esperabas? ¿Qué, aún no me conoces?" Ella hubiera querido gritarle "te acabo de conocer", pero su voz aún no estaba lista.

En su mente escuchaba desde estadísticas: "8 de cada 10 violaciones se dan por la pareja", "perfil de agresores muestra diversidad en el nivel socioeconómico o educativo", hasta listado de respuesta de las víctimas de violación "*vergüenza, miedo, sentimiento de culpa" sus errores "callar el evento" y aciertos que ayudan en el proceso de recuperación "visibilizar el suceso, obtener pruebas, testigos, denuncia, buscar apoyos legales, psicológicos, grupales…"*

Lo enfrentó, con desdén en su mirada lo recorrió de arriba abajo. Frente a él, le pidió a una empleada de la recepción que la acompañara a su habitación. Levantando la voz para que todos la escucharan le sugirió que tuvieran cuidado con ese hombre, porque había tratado de abusar de ella. Agregó el nombre, cargo y lugar donde trabajaba pidiendo que lo anotaran. La cara del tipo mostró sorpresa y rabia. Se retiró de inmediato.

Ella caminó con la empleada hasta su habitación. Le pidió que tomara fotos de su bolsa que permanecía en el piso lo mismo que las llaves. Le dio las gracias. Luego de cerrar la puerta, empezó a temblar. Sentía su cuerpo frío. Un llanto suave empezó a mojar sus mejillas amenazando con quebrarla. Limpió su rostro, alzó la frente y se miró al espejo, entendió que necesitaba desahogar su angustia… respiró profundo, suave y sonrió.

Frente al espejo sus ojos le regresaron una imagen más calmada, casi podría decir que satisfecha de su respuesta. La inicial sonrisa se fue transformando en… risa, primero tímida, luego, tuvo que encender la televisión apenada por esa fuerte risa que surgía incontenible. Recordaba el suceso, cada fragmento, desde su propio asombro, su miedo, la confianza de él cuando ella le hizo creer que se rendía, su sorpresa cuando ella saltó de la cama y salió corriendo.

Todos los detalles de la situación volvían a repetirse en su mente, sobre todo… volvía a evocar la expresión de incredulidad e ira en su cara, eso le causaba mayor satisfacción, tomó unas hojas de papel y escribió los hechos con los que he redactado la historia.

Recordó que crisis es la palabra para reconocer un peligro, pero también una oportunidad. He visto su desarrollo personal, le propuse agregar otra frase al texto, no recuerdo de quien es, pero me parece que queda perfecto, dice, "La crisis de hoy es el chiste de mañana" Volvió a reír y aceptó. Ella dio todos los pasos que le ayudaron a pasar de víctima a sobreviviente en un proceso de transformación que hoy comparte con otras mujeres.

¿Y el agresor?

Jamás volvieron a cruzar palabra. Ella me contó que le obsequiaba una irónica sonrisa cuando lo encontraba, lo miraba con desprecio, directo a los ojos… hasta que él bajaba la mirada. Él, fiel a las palabras de Platón "*La burla y el ridículo son, entre todas las injurias, las que menos se perdonan*", nunca la perdonó. A ella, eso jamás le importó, porque la conozco, puedo asegurarlo.

¿Cómo te atreves? Sucia, descarada

¿A qué edad tuvo su primera menstruación? A los 14 años. Su respuesta a mi pregunta para llenar su ficha médica me habría parecido normal. Pero noté su mirada baja y una lágrima queriendo salir de sus ojos. Dejé el formulario y tomando su mano le pregunté ¿Por qué te pones triste? ¿Hay algo que quisieras compartir? El llanto se desbordó ya sin pudor. Luego que se hubo calmado, serían mis palabras, mi actitud, no sé. Me contó lo que representaba para ella "*eso*", (sic) la menstruación. Su historia me impactó. Pedí su anuencia para compartirla.

Empezó su historia diciendo "Cuando "*me bajó*" me asusté y le avisé a mi madre. Ella me miró con asco y me dijo, "*que lástima, ya los hombres andarán como perros tras de ti*". Me dio unos pedazos de sábanas viejas y me dijo que los usara entre las piernas y los lavara porque no iba a gastar en "*mis cochinadas*".

Al pasar los meses me di cuenta que no eran suficiente protección. Traté de hablar con mi madre pero ella se negó diciendo: "*yo aguanté. Tú ¿porque me estás saliendo tan delicadita*? Una se "*enferma*" pocos días cada mes, así que esa "*es tu cruz*" por ser mujer. Varias veces tuve que sufrir humillaciones de mis compañeras y algunos chicos de la escuela. La mancha quedaba no solo en la ropa. La sentía como una sombra que jamás se apartó de mí.

Además de mi madre, mis compañeras me decían que en "*esos días*" no debería bañarme. Había otras prohibiciones: no comer alimentos ácidos o líquidos fríos, ni salir a recreo o jugar, ningún deporte, ni ir a velorios o sepelios. Mucho menos podía acercarme a los chicos, ellos podrían percibir fácilmente ese olor. Lavar esos trapos me resultaba asqueroso. Empecé a esconderlos bajo el colchón. El resultado fue peor, el olor llegó a ser insoportable. Al darse cuenta mi madre me golpeó y me insultó.

Afortunadamente, empecé a trabajar desde muy pequeña. Tuve dinero para comprar las famosas "Kotex". Únicas toallas desechables que había en mi pueblo. Pero los traumas no desaparecieron. Años más tarde, me casé. Fue un bello día. Hubo luna de miel y todo lo que se espera. Al regreso, luego de dos semanas se me presentó mi "*periodo*".

Estaba un poco nerviosa. Por la noche respondí al abrazo de mi esposo, aunque consideré que debería avisarle. Le susurré al oído el posible impedimento. El me aventó bruscamente y se paró de la cama diciendo: ¿"*cómo te atreves*"? ¡*Sucia! ¡Descarada*! Siguió con insultos y yo no entendía. Me dijo al salir de la habitación "*no te me acerques, me quedaré en la sala, me avisas cuando te alivies*". Pronto me di cuenta que a su ignorancia se sumaba la violencia, la irresponsabilidad y otras situaciones. Aguanté varios años. Estaba reuniendo valor y recursos. Lo suficiente para salir adelante, sin él, con mis hijos. "*Los recuerdos no acaban de irse, siguen lastimando, a veces*".

Como profesional de salud yo sabía de los mitos y tabúes sobre la menstruación. Especialmente atrasados en países africanos y de la India. Jamás pensé encontrar en México un caso como este. Tal vez, en alguna comunidad remota, tenemos tantas. Esta paciente provenía de lo que llamamos clase media. Profesionista. Platiqué con ella, incluso sobre el Día Mundial de la Higiene Menstrual. Es el 28 de mayo. El objetivo es educar y concientizar a niñas y mujeres sobre la menstruación. Creo que incorporar a los hombres resulta impostergable. Se pretende romper el silencio, acabar con los mitos y hasta analizar las opciones sexuales y de higiene para esos días. Considerar como esta función fisiológica repercute en la economía, la salud, la educación, el medio ambiente y los derechos humanos.

Como activista por la salud y los derechos de las mujeres ya imaginarán el final. Además de aclarar sus dudas compartí con ella referencias bibliográficas. La mandé a otra profesional para que con su apoyo pudiera adquirir otras herramientas y fortalecer su salud emocional. Hoy, la veo eventualmente. Ya no ejerzo en la clínica. Cuando nos encontramos, ella recuerda agradecida la "Coincidencia" que nos unió. Seguro se enterará al leer esta anécdota, que yo le llamo... "Diosidencia".

Kambalaya

Kambalaya significa: *"Hice un pacto pacífico con el tiempo...ni él me persigue... ni yo huyo de él...pero algún día nos encontraremos"*. Kambalaya es una palabra del suajili, idioma hablado por más de 45 millones de personas. Fue una de las pocas que aprendí cuando estuve en Mombasa, Kenia, en África. Además de la musicalidad de la palabra, me parece poético. Es increíble como una sola palabra envuelve toda una reflexión.

Nairobi (la capital de Kenia) significa *"lugar de aguas frescas"*. Es conocida como la *"Ciudad Verde en el Sol"*. Hice una pausa para recorrer algunos sitios de esa ciudad antes de llegar a mi destino final, luego de 3 vuelos en 24 horas.

Finalmente otro vuelo de 1 hora me llevó de Nairobi a Mombasa. Al llegar me llevé una grata sorpresa. El Hotel sede de la Conferencia Internacional donde presentaría una investigación, estaba en la playa. El paisaje y la brisa resultaron de lo más estimulante.

Al amanecer, luego de caminar en la arena pasaba al Restaurante a desayunar, luego me iba a las conferencias. Para el tiempo libre se ofrecían diversos "Tours". Desde desayunar o cenar frente a la ruta por donde pasan los elefantes, hasta pasear en Jeep, los Safaris fotográficos y hasta una visita a grupos Masai... El paisaje resulta de lo más atractivo con su sabana, bosque y montañas. La biodiversidad en animales es impresionante. El guía aseguraba que se podrían observar y retratar al menos leones, tigres, jirafas y otros animales en su hábitat natural, que podríamos interactuar con los grupos originarios. Ninguna opción me interesó, serían los costos.

Mi especialidad en salud pública me llevó a querer conocer una de las poblaciones más vulnerables de aquella región. Supe que cerca de Mombasa estaba el Campamento de Refugiados de Dadaab (o Dabaab). Se encuentra a 473 kilómetros de Mombasa. Tenía medio millón de refugiados. Se podía visitar en Jeep o en avión privado. Deseché ambas opciones. Me atraía la segunda, pero estaba fuera de mis posibilidades económicas. Pasé el tiempo libre junto al mar y en el hotel. Encontré algo que resultó de gran interés: el idioma suajili. Pude practicarlo gracias a mis colegas y al personal del restaurante. Ahí me hicieron repetir para ellos, hasta que aprendí que Kambalaya significa: "*Hice un pacto pacífico con el tiempo...ni él me persigue... ni yo huyo de él...pero algún día nos encontraremos*". Tal vez necesito este encuentro.

Regresé a casa. Presumí con mis nietas la palabra "*Ha kuna Matata*". Como muchos, sabían que significa "Todo bien, Sin problemas". Les enseñé otras, que ya he olvidado. Pero aún recuerdo "*Samahani*", que significa "perdóname, discúlpame", "*Asante*" que quiere decir gracias y "*Kwa heri*" es "Adiós." Por coincidencia, necesitaba conocer la magnitud y la profundidad de esas palabras, para poder aprender a despedirme. Así lo hice.

Una golondrina no hace verano

Al fin y al cabo, el miedo de la mujer a la violencia del hombre es el espejo del miedo del hombre a la mujer sin miedo.

Eduardo Galeano.

El escritor francés Alejandro Dumas, (hijo) dejó la frase *"Todas las generalizaciones son peligrosas, incluida ésta"*. Estoy de acuerdo. El aire mueve las ramas en una especie de sinfonía. No por ello podemos generalizar, el aire puede ser usado como un elemento poético, no en todas las frases. Además, hay vendavales que arrancan árboles desde la raíz. Tampoco se puede generalizar diciendo que el aire es devastador. Podemos parafrasear a Caleb Carr diciendo que *"No se puede objetivar lo subjetivo, ni generalizar lo específico"*.

Reportajes sobre el acoso de una chica a un joven, pretenden documentar la diferencia de reacciones. Aparecen observadores, hombres o mujeres, que muestran reacciones muy diversas ante el acoso, según quien sea la víctima. Se aseguró que los testigos hombres y mujeres, hacían caso omiso de la situación, cuando la víctima de acoso era del sexo masculino. Incluso, ambos increpaban al hombre con frases como *"no seas marica"* o *"estás loco, la chica es guapísima"*. Él, repetía frases que dejaban fuera de duda su negativa. Los videos mostraron que las respuestas no fueron iguales ante roles contrarios. Concluían asumiendo que siempre se reacciona a favor de la mujer acosada.

Habría que actuar con precaución. Cuidar que no se generalice a partir de resultados de reportajes, encuestas o estudios. "*Una golondrina no hace verano*", nos recuerda el refrán popular. Con él se advierte que un solo hecho, sondeo o experimento no puede ser evidencia para una norma o regla general. Podría haberles tocado el caso del cual fui testigo. Un hombre, víctima de acoso, rescatado por dos mujeres. Les cuento:

Asistía a una Reunión Nacional de Salud Pública en Guanajuato. No quise perderme la actividad recreativa: Una "*Callejoneada*". La estudiantina tocando y el grupo de asistentes cantando, bailando y recorriendo los callejones de Guanajuato. Nos fuimos al parquecito que se encuentra frente al Teatro Juárez. Sitio de reunión y salida. Fui con mi compañera de cuarto y amiga. Entre la algarabía, la música y varios centenares de personas, encontramos a un excelente amigo. Entonces era titular de una importante Dirección de nivel nacional. Le llamaré José. Una mujer joven y guapa se colgaba de su brazo.

Su mirada me recordó la del náufrago en un bote a merced de la tormenta. Se aferró a ambas para saludarnos. He visto el brillo de la esperanza, en las pupilas de los náufragos de varias pinturas. El pintor capturó esa característica inconfundible. Eso fue lo que vi en los ojos de José. Se zafó de su acompañante con gentileza cuando se acercó a saludarnos. Nos dijo al oído: "*no me dejen solo, mi esposa no vino y esta mujer no deja de acosarme*".

Se acercó la mujer, realmente era bella, vestía muy elegante. Su actitud soberbia nos molestó a mi amiga y a mí. Sin mirarnos, se dirigió a nuestro amigo y le increpó con la más fingida de sus sonrisas "*entonces que doctor, ¿seguimos revisando nuestro proyecto*?" Mi amiga y yo nos habíamos colocado a cada lado de José. Nos colgamos de cada brazo y con una sonrisa similar la enfrentamos diciendo "*te descuidaste, ya te lo ganamos*". El siguió la broma, aunque lo sentimos respirar más tranquilo. Caminamos juntos los tres iniciando el recorrido. En varias ocasiones la mujer trató de separarnos, sin lograrlo. José solo sonreía educadamente ante sus frases cada vez más directas.

En una callecita débilmente iluminada corrimos hacia uno de los angostos callejones y logramos perderla de vista. Entramos al primer Restaurante que encontramos. Un café nos ayudó a tranquilizarnos. Comentamos lo increíble de la situación. No entiendo a las mujeres, pero tampoco a los hombres que recurren al acoso.

¿Cuál es el fondo del tema sobre el acoso sexual en ambos géneros? Las elevadas estadísticas sobre este delito que cometen los hombres con víctimas del sexo femenino no dejan lugar a dudas. Por otra parte, es válido preguntarse si en el acoso sexual de mujeres a hombres existe sub-registro. Las razones podrían ser el estigma cultural que enfrenta el hombre que hace uso de su derecho a decir "NO". Otras razones como la falta de cultura de la denuncia, falta de leyes, protocolos y servicios accesibles impacta en todas las víctimas. ¿Será que los asuntos de acoso "femenino" se visibiliza más? En especial, cuando uno o ambos, son personajes cuyas características pueden generar más interés en redes sociales. Al abordar el acoso sexual entre personas de la comunidad LGBT, seguramente el asunto presenta más variables, mitos y tabúes.

Estoy segura que José guardó ese acoso en el mayor de los secretos. Nos pidió discreción por él, por su familia, pero también por la dama en cuestión. Mi buen amigo. El acoso quedó en grado de tentativa... ¿sería nuestro apoyo?

A la distancia comparto con nostalgia esta anécdota. Tal vez, más de alguno/a la reconozca en sus evocaciones. Le diría una frase que me parece apropiada al caso: "*Existen secretos legítimos: tu historial médico, por ejemplo. Pero el secreto, no debe ser usado para encubrir abusos.*" Es una frase de Julián Assange, quien es nada más ni nada menos que programador, periodista y activista de internet. Más conocido por ser el fundador, editor y portavoz del sitio Web WikiLeaks. Tomando el tópico que avasalló internet, este relato podría sumarse a los millones de #metoo, en tanto aparece una versión para ambos géneros. Ello nos recordaría el objetivo que hoy se encuentra en las leyes y que esperamos impacte en la cultura y en la realidad: Igualdad, ni más... ni menos.

El Cariño por su abuela

El cariño por su abuela. Era uno de los sentimientos que la acompañaba desde siempre. No sabía si era temor o timidez. La recordaba tan diferente. Sin embargo, trataba de sobreponerse. Las fotos en la sala mostraban un rostro bello, una mirada cálida y una sonrisa amplia. El cariño, los abrazos, los cuidados, las anécdotas y hasta las bromas se mezclaban en su mente.

Surgían especialmente cuando se acercaba a la recámara donde estaba ella, postrada por los años. La inmovilidad de no sabía que enfermedad carcomía diariamente sus días. https://ansiedadesclinicas.com/2012/03/14/sensacion-de-muerte-inminente/Se preparaba para el monólogo. La abuela no hablaba. Una más de las secuelas. Contestaba afirmativa o negativamente apretando una o dos veces la mano de su visitante.

Escuchó a su madre, hablaba con la abuela. Esperó para no interrumpir el momento. Le decía a la abuela *¿Te gustaría ver el atardecer frente al mar?* Y luego de unos segundos agregó *¿Qué te parecería un recorrido por Tampico y la playa de Cd Madero?*, "*Hecho*" fue la misma voz. ", *Bueno, pero será mañana, hoy tengo que ir al médico*". La sorpresa la inmovilizó por unos segundos. Hacía años que la abuela no salía de su recámara.

Caminó unos pasos hacia la sala simulando su llegada. "*Hola mamá*", saludó acompañando con un beso sus palabras. "*Hola hija, pasa, ¿vienes a saludar a tu abuela?* Luego de asentir en silencio, tomó todo el aire que sus pulmones le permitieron. Entró, esbozando una sonrisa.

Pensó que, a veces, la muerte tiene un preludio. En el caso de la abuela todos sabían que estaba a punto de partir. Tomaron la noticia con tristeza, sin preguntas. Cosa de los años, fue la conclusión. Todos sabían que el tiempo podría ser un instante o parecer una eternidad. Saludó a la abuela poniendo la cara más alegre que pudo. Besar la frente y las mejillas era todo un ritual, que no siempre podía terminar sin emoción. Se controlaba. Su madre les había advertido de la importancia de hacer pasar buenos ratos a la abuela. "*Mientras la abuela esté viva, haremos lo posible por cumplir con todos sus gustos*". Les había advertido.

La abuela se durmió. Ella recordó el ofrecimiento de su madre sobre ese atardecer en Tampico, Tamps y en la playa de Madero. Pensó que el fin de la abuela tendría que estar más cerca. Se preguntó si ese ofrecimiento tendría algo que ver con "*la última voluntad*". Habría que preguntar.

Siempre consideró que, si pudiera, a ella le gustaría esperar la muerte, frente al mar. Sería porque las imágenes, silencios y sonidos de todos los elementos generan diferentes emociones. Desde la lentitud del vuelo de las aves, hasta el sollozo de los cetáceos en el fondo del mar. Todo contribuye para imaginarlo como un desenlace digno, un vibrante y conmovedor final. El cariño por su abuela. Más intenso cada día. Podía entender ese último deseo. Es más común de lo que una espera. Leí que un paramédico llevó al mar a una anciana moribunda.

La abuela despertó y ella aprovechó para preguntarle *¿Así que quieres ver el atardecer en el mar?* Un fuerte apretón de manos fue la afirmativa respuesta. ¿Recorrer T*ampico y llegar a la playa de Madero, Precisamente*? Nuevamente el apretón afirmando la respuesta. Estuvo unos minutos más y se despidió. Tenía que regresar a la oficina donde trabajaba como ejecutiva de una importante firma.

Por la tarde una llamada vino a romper la monotonía. Avisaron del Hospital que su madre había sufrido un accidente. El médico les informó que el traumatismo le dejaría inconsciente varios días. Las posibilidades para recuperarse eran muy buenas. La familia se organizó para turnarse. Ahora tenían el cuidado de la abuela y de su madre. Luego de unos días notó que su abuela estaba muy intranquila. Le informó que su madre estaba en el hospital para justificar su ausencia, pero no que estaba inconsciente. El médico fue llamado. Luego de revisar a la abuela confirmó lo que ya sabían "*cuestión de horas o días*".

Recordó el ofrecimiento de su madre y volvió a preguntarle a su abuela. ¿*Así que quieres ver el atardecer en el mar*? Un fuerte apretón de manos fue la afirmativa respuesta. "*en la playa de Madero, Tamps. ¿Precisamente*? Nuevamente el apretón afirmando la respuesta. Imaginó los recuerdos de su abuela. Vivió muchos años en esa ciudad. Conocía todas las anécdotas de sus visitas a la playa y a Tampico.

Habló con dos de sus hermanos, les planteó su temor respecto a la "*última voluntad*" de su abuela. Después de analizar y discutir por varias horas lo decidieron. Entre los tres llevarían a la abuela a ver el atardecer en el mar de Cd Madero, Tamps. Los demás hermanos quedarían al cuidado de su madre. Rentaron una limusina y salieron por la mañana con la abuela.

Evocó el recorrido de San Luis Potosí a Tampico por la "*carretera vieja*". Iba al lado de su abuela, quien se veía feliz. Llegaron al Restaurante de Santa Catarina, al mejor. Recordó que su abuela disfrutaba del platillo típico del lugar. "*Una probadita*" le dijo ofreciendo cuidadosamente el guiso para el almuerzo. La abuela lo comió todo sin hacerse del rogar.

Siguieron el camino, pero la abuela empezó a quejarse y terminó vomitando. "*Ooops creo que le hizo daño*" comentó con sus hermanos. Luego de discutir acaloradamente recriminándose mutuamente, entendieron que, como dice el refrán "*a palo dado ni Dios lo quita*". Le dieron algunos antiácidos y un antiespasmódico. El cariño por su abuela. Seguramente ese cariño le ayudó a contener la náusea al limpiar los asientos. Usó un "*aromatizante*" que dejó la limusina "*como si nada hubiera pasado*". La abuela se durmió y siguieron camino. Por la tarde llegaron a la playa de Cd. Madero, cerca de Tampico, Tamps.

Estacionaron frente al mar, abrieron la portezuela y la abuela pudo verlo. Las olas estaban bravas y el aire corría suavemente. Disfrutaron en silencio un par de horas. Todo había valido la pena. La última voluntad de la abuela se había cumplido. Unas lágrimas brotaron suavemente de los ojos de la abuela, los nietos las sintieron como propias. El momento era tal como ella lo había imaginado..." *las imágenes, silencios y sonidos de todos los elementos generan diferentes emociones*" Ahora estaba segura que habían hecho lo correcto.

El regreso al día siguiente fue sin imprevistos. La abuela durmió todo el camino. Incluso tanto, que en momentos se acercaba a su rostro, solo para constatar que siguiera respirando. El teléfono interrumpió sus pensamientos. Era la voz de su madre, no se escuchaba muy contenta aunque sí muy recuperada.

"*Pero que fregados andan haciendo con la abuela*". Luego siguió un desfile de improperios incluyendo palabras que nunca antes le había escuchado. Las recriminaciones le impedían articular palabra. Cuando al fin pudo explicar la odisea, el buen final de la misma y asegurarle el buen estado de salud de la abuela, la madre empezó a reírse.

Por más que su madre trataba de hablar, la risa se lo impedía. Al fin se calmó y le dijo "*Pero si serás pendeja, tu abuela mira diferentes videos en su televisión. Ese día que escuchaste yo le preguntaba cual video quería ver para ponerlo al día siguiente y le sugerí el que muestra un recorrido por Tampico y la playa de Madero*".

Al llegar a casa, entre los tres hermanos cargaron a la anciana de regreso a su habitación. A ella le pareció que la abuela tenía en su rostro una pícara sonrisa. La llamó quedamente al oído "*Abuela, abuela, ¿estás bien?*". La abuela apretó la mano afirmativamente, sonrió... y le hizo un guiño con los ojos.

Aparecen en nuestra vida y nos marcan para siempre

Aparecen en nuestra vida y nos marcan para siempre. Uso estas palabras para recordar al Padre Pablo Ortega, sus lecciones, sus obras y sus bendiciones.

Muchas mujeres tuvimos la cercanía de la madre al momento de parir. Fuimos afortunadas. Mi esposo y yo decidimos que nuestra primera hija recibiría el nombre de su abuela. Siendo el catolicismo nuestra religión, ante todo, era obligado el sacramento del bautismo. Encuentro lógica esta decisión que puede confirmarse o no, al llegar a la mayoría de edad. Así que, de acuerdo a la tradición, buscamos al sacerdote de la Parroquia de la Santa Cruz, http://www.iglesiapotosina.org/parroquia-de-la-santa-cruz-col-aviacion la más cercana a la casa de mi madre.

Entonces conocí al Padre Pablo Ortega. De inmediato supe que era de las personas que *"Aparecen en nuestra vida y nos marcan para siempre"*. Habíamos escuchado sobre su impulso a la construcción de la Parroquia. También, sus gestiones para evitar la apertura de cantinas en la zona. A mí me causó asombro y admiración. Sin embargo, fue blanco de intrigas, chismes y calumnias, lo cual me indignó. Imagino que su fe lo sostuvo, padeció tantas ingratitudes.

Años después, encontré en sus sermones, la misma intolerancia de la religión hacia la planificación familiar. Eran los inicios de esta política y servicios en el país. Como cualquier ser humano, quizá soy severa en la crítica y parca en el elogio. Espero algún día hacer lo contrario. Dada mi formación en el ámbito de la salud tanto como en el género y los derechos humanos, me parecieron torpes y fuera de contexto las palabras del sacerdote. Hubo ocasiones especialmente relevantes, en que advertía a las mujeres a no acercarse a recibir la comunión, si usaban estos métodos. Preferí alejarme para no ofender con mis pensamientos tales acciones.

Llegué a vivir a media cuadra de la Iglesia de la Santa Cruz. Abrimos el Gabinete de Enfermeras, una Asociación Civil. La oficina y consultorio fue habilitada en mi hogar. Hasta allá llevamos al sacerdote para "*la bendición*". El Padre Ortega estuvo interesado en los servicios que ofrecía. Uno de ellos, la planificación familiar. Debido a ello pensé que tendríamos problemas. Me pidió que fuera al día siguiente a su parroquia para hablar conmigo. Lo cierto es que no me esperaba sus palabras.

Lo más notable de nuestra entrevista, fue que me pidió sumarme al grupo de profesionales que impartían pláticas a las parejas próximas a contraer matrimonio. Por años, las integrantes del Gabinete de Enfermeras fuimos sus colaboradoras. Lo más notable es que teníamos su anuencia para impartir el tema "Sexualidad y planificación familiar" en los cursos prenupciales. Como resultado de nuestra interrelación, fue nuestro confidente y benefactor. Conoció nuestros proyectos educativos con adolescentes. Estos fueron en varias Escuelas, el Consejo Tutelar y en la comunidad de Los López. Nos apoyó invitando a sus feligreses a donar juguetes, alimentos y medicinas que llevamos a la comunidad en fechas especiales.

Entre otras acciones, aceptó oficiar una misa por las personas con Sida o HIV los días 1 de diciembre. Fueron años en que las dificultades y discriminación se presentaban en todos los ámbitos. Se veía honestamente preocupado. Deseaba aprender la mejor forma de acercarse y dar apoyo. Quería usar un lenguaje apropiado, incluyente y no sexista. Algunas veces nos reímos juntos, errores involuntarios le habían llevado a situaciones que podían mal interpretarse.

Probablemente la serenidad en sus acciones y su actitud amable salvaron el momento. Coincidir, ¿sería otra de las Diosidencias que tuve en la vida?

Durante una misa, compartió sus recuerdos, expresó su gratitud y mandó sus bendiciones para el personal de salud. Estuvo hospitalizado en varias ocasiones. El Obispo lo cambió a la Iglesia de la Compañía.

Finalmente, desde allá partió al encuentro con su fe. Parece que nunca hubiera dejado su Iglesia, la de la Santa Cruz, del Fraccionamiento Industrial Aviación, en San Luís Potosí, S. L. P. en México. La Iglesia nos lo recuerda. Aunque para mí, su partida nunca se dio. Fue de esas personas que...*"Aparecen en nuestra vida y nos marcan para siempre"*.

"Bástale a cada día su propio afán"

La palabra "*Cáncer*", aún como búsqueda, posibilidad o impresión diagnóstica preliminar, permite revalorar la vida. Recién acaba de fallecer de esta enfermedad Edith González, una famosa artista mexicana. Mujeres célebres como Angelina Jolie o Sofía Vergara han contado su travesía por esta enfermedad. Su testimonio llega a millones de personas. Espero que esas voces hayan inspirado a quienes actuaron para prevenir, realizar la autoexploración, asistir a los tratamientos necesarios y resistir, con una valentía que surge ante un diagnóstico que puede llevar a la muerte.

Quienes trabajamos en el sector salud, quisiéramos encontrar mejores estrategias de difusión. Revelar que cada 30 segundos, en alguna parte del mundo, fallece una mujer por cáncer de mama, parece que no impresiona.

Hay tantas muertes por guerras, por violencia. Decir que 13 mujeres pierden la vida diariamente en México, por esta misma enfermedad podría acercarnos a la realidad, ya que compartimos el mismo país.

Comprender que cada año hay 23 mil nuevos casos renueva la esperanza en la detección temprana. Aunque tenemos que aceptar las evidencias de que sólo el 10% de los tumores identificados tienen -2cm, y que estos son los se curan con el tratamiento apropiado. No todos. Si la mayoría, del 75 al 90%. ¿Esto despertaría el sentido de urgencia hacia la detección? Eso espero.

He conocido muchas mujeres que han padecido cáncer de mama, por mi trabajo, relaciones sociales y vida familiar. Hubo quienes asumieron una actitud optimista. Se sometieron a todos los tratamientos que ofrece la medicina actual. Otras, además o en lugar de eso, recurrieron a medicinas alternativas, a la religión que profesaban o incluso a charlatanes.

Algunas, no lograron superar la etapa de negación. Rechazaron tratamientos, apoyo, cariño o acompañamiento. Nos dejaron una tristeza infinita, impotencia y otros sentimientos...tan confusos. Otras, abrieron sus brazos y recibieron de todo, repartieron humor y amor.

A pesar de los porcentajes de curación, pocas veces los médicos la aseguran. Hablan de supervivencia, usan el término dadas sus implicaciones psicológicas, el empoderamiento que implica ser sobreviviente cada día.

Conocer más del cáncer puede motivar a las mujeres para que realicen su autoexploración y/o mamografía, lo que llevaría a una detección temprana. Recordando una frase de la película "El padrino" esa que dice "*Mantén cerca a tus amigos, pero aún más cerca a tus enemigos*" El cáncer es enemigo de nuestra salud, hay que conocerlo a fondo.

Tuve oportunidad de acompañar a varias mujeres en este proceso. Generalmente habían recurrido a la autoexploración de mamas para detección de cáncer. Una de ellas me confió que ni el médico ni ella habían palpado nada. Sin embargo la mamografía y el ultrasonido mostraron lo que parecía un tumor de -2 cm. La Oncóloga recomendó una "*biopsia guiada por arpón*". La impresión diagnóstica en los estudios señalaba "*fibroadenoma en mama y microcalcificaciones en acúmulo clasificando en categoría* III B* (esto *indica cambios en la mamografía, probablemente benignos, pero no tiene 100% de* *seguridad*). Otro de los estudios reportó un resultado IV B (*significaba una lesión con moderada sospecha de malignidad, del 11 al 50% de riesgo de cáncer).*

Buscó una tercera opinión médica, en resumen, validó la impresión diagnóstica que le habían dado y reiteró la conveniencia de la *"biopsia guiada por arpón"*.

Ella trataba de estar tranquila esperando la cita. Comentamos las opciones. Con la peor de ellas, anticipaba mentalmente la ruta crítica. Suponía necesidades, ventajas, desventajas, costos, decisiones, alternativas de tratamientos, efectos secundarios y posibles complicaciones.

Ella solo pensaba con temor en la inserción del arpón en su pecho. Hay frases controversiales que permiten reflexionar, una que dice *"La ignorancia es madre del miedo"* (de Henry Home Kames) otra sobre *"La tranquilidad de la ignorancia"*, creo que ambas pueden usarse en varias etapas del acompañamiento. Mientras ella esperaba la cita tuvo períodos de miedo y tranquilidad. Si bien son polos opuestos, seguramente influyó el conocimiento, aun cuando sea superficial o fundamental, pero también según sus palabras, lo podía enfrentar porque ya se podía comunicar con ella misma en una especie de diálogo interno.

Padecía insomnio, dolores de cabeza, ansiedad y agotamiento. Me decía que visualizar el arpón hundiéndose en su carne no era algo grato. Que en sus pesadillas no era claro si usarían o no anestesia local. Que imaginar o soñar que esa aguja perforaba su seno, la llevó a despertar bruscamente. El médico le mandó sedantes y logró descansar un poco.

Comentaba las dudas que surgían ante la revisión de novedades en el internet. Compartí con ella las palabras de una de mis amigas cuando le diagnosticaron cáncer de mama, *"vaya pues, lo único que una necesita para tener cáncer de mama es tenerlas, o senos, o bubis, como quieras decirles..."* y las palabras de otra sobreviviente de cáncer que me dijo *"...lo único que hace falta para morirse, es estar viva"*. Podrán considerarlo una extravagancia, pero la sátira y el buen humor en estas frases, la tranquilizaban.

Saber que no todas las mujeres con cáncer de seno necesiten quimioterapia antes o después de la cirugía, la reconfortó. Aunque le aclaré que a veces, la quimioterapia puede ser el tratamiento principal.

Ella había leído sobre los diversos tratamientos que se usan solos o combinados dentro y fuera del país. Adicionalmente, se preocupaba del costo y los efectos colaterales. No obstante, coincidimos en que algunos de esos efectos se han visto en mujeres que no recibieron tal tratamiento.

Sus dudas nos hicieron comentar sobre la utilidad de los suplementos dietéticos (vitaminas, minerales y productos herbarios). Aclarando que no han demostrado que ayuden a disminuir el riesgo de aparición, progreso o reincidencia del cáncer. Con la frase, adaptación de algunos versículos de la Biblia, le dije, "*Bástale a cada día su propio afán*".

Ella estuvo de acuerdo, se propuso seguir con sus rutinas para controlar el peso, hacer ejercicio y cuidar su alimentación. El alcohol no nos preocupaba. Muy eventualmente lo consume y nunca, más de una bebida al día. En teoría, limitar la ingesta ayuda a disminuir el riesgo de cáncer, aunque no hay evidencia. Por otra parte, una bebida al día parece relacionarse con un menor riesgo de enfermedades del corazón. Así que, si aparece el Cáncer, "*Oui, c'est la vie*" (Si, así es la vida) comentamos con humor.

Asistió a la cita. El raciocinio le ayudó a ocultar el miedo a la biopsia. La pasaron al servicio de Radiología. El radiólogo explicó que tendrían que realizar otra mamografía. Debían asegurarse si había cambiado el tamaño, posición y características visibles en las mamografías y señaladas en los reportes. En lugar de una, hicieron tres. La mandaron a vestirse y esperar.

El radiólogo le informó: ¡No necesitaba biopsia! Me enseñó el resultado de las tres mamografías de ese día: "*La zona en estudio no muestra los cambios observados en estudios previos. Actualmente no hay evidencia de distorsión del tejido ni micro calcificaciones en acúmulo*".

En lenguaje simple, por lo pronto, solo requería vigilancia médica periódica. Podríamos atribuirlo a una "*remisión espontánea*", un error en la interpretación, clasificación o técnica de los estudios previos.

En varios artículos médicos se asegura que la "*remisión espontánea*", sucede en uno de cada 130 a 140 mil casos. Se considera que esta se debe a la actitud positiva del paciente. En cuanto a los errores de interpretación, clasificación o técnica, en este caso pudieran clasificarse como "*falsos positivos.*" Imputables a diferentes profesionales que solo discreparon en la clasificación.

Algunas reflexiones argumentan que "*la tasa de cáncer visible no detectado en mamografía se sitúa entre el 25 y el 75%*" Desde el año 2000, la mayoría de los radiólogos son conscientes de este dato. Esto provoca un exceso de "*falsos positivos*" en sus diagnósticos. Son dos motivos: miedo al error y la motivación para detectar el cáncer "*visible*".

¿Podría llamar "*Diosidencia*" a esta situación? Las explicaciones médicas no son concluyentes, por el momento.

El acompañamiento es algo más que una actividad incluida en el protocolo de atención de mujeres que pueden tener cáncer de mama. Además de asegurar que se cumplan todos los estudios en el menor tiempo posible es importante la cercanía con alguien que entienda sus miedos, sus temores más allá de la misma enfermedad. No creo que solo las mujeres podamos comprenderlo, pero la empatía de género en este caso es útil. Finalmente, recordamos la frase de Cynthia Nixon, actriz, "*La única cosa que tenemos que temer, es al miedo mismo. Tener miedo de no ir a hacerte tus mamografías, eso sí… podría llegar a ser fatal*".

La enfermería... y sus riesgos laborales

"No era así de fuerte cuando comencé.
La enfermería me hizo fuerte"

Tilda Shalof.

Vivir, es una ocupación universal. Sobrevivir...es algo más. Como profesional de enfermería con especialidad en salud pública, he sido consciente de que ejercía una de las profesiones de alto riesgo. Esta afirmación se sustenta en una constante actualización, la asidua revisión de la bibliografía sobre el tema y la elevada deserción de estudiantes y profesionales de enfermería.

Entre los riesgos documentados están: trabajar de noche. Algo que hacemos quienes ejercemos esta profesión. Se sabe que esto incrementa hasta un 19% las posibilidades de contraer cáncer en mujeres. El informe cita un 58% más de posibilidades de padecer cáncer de mama; un 35% para cáncer gastrointestinal y un 28% para cáncer de pulmón. Ello en comparación con colegas trabajando solo de día. Una investigación señala al cambio de sueño como el gran culpable. Así es, los cambios horarios acaban afectando la reparación del ADN lo que facilita el crecimiento de células cancerosas. También se menciona la alteración de los niveles de melatonina, por la constante exposición a la luz artificial.

Una encuesta aplicada en España reportó que el 95,8% de las enfermeras ha sufrido un accidente biológico. Según este mismo estudio, ¡el 32% de los accidentes ni siquiera se reportaron! Confieso que podrían incluirme en ambos porcentajes, aunque sufrí y no reporté dos accidentes biológicos, si tomé las medidas de protección que el protocolo señala. Y es que acciones tan cotidianas como canalizar vías y administrar medicamentos o hemoderivados, propician el contraer enfermedades potencialmente mortales: hepatitis B y C, Sida, Influenza, Ebola…etc. etc.

Otras acciones de riesgo similar o agravado son la exposición a radiaciones, manejo de agentes biológicos, citotóxicos o químicos. Impacta la carga mental o física, el ruido, vibraciones, factores psicosociales como estrés por la gravedad o muerte de pacientes. Al igual que algunas colegas, podría citar episodios/anécdotas sobre fatiga mental, burnout, mobbing, acoso laboral/sexual y violencia de género.

No dudo que influye el género y la gran responsabilidad de trabajar con vidas humanas. Con frecuencia se nos obliga a una disponibilidad más allá de un horario laboral. Todo ello es altamente estresante y agotador. Los riesgos están a la vista de todos, lo peor es que muchas ocasiones, son naturalizados o subestimados.

Si ejercer enfermería conlleva tantos riesgos, ¿porque elegimos esta profesión? Creo que tiene que ver con la vocación, en ocasiones comparte la responsabilidad la genética y las condicionantes sociales, en lo personal considero que la actitud que se asume ante la vida es decisiva. Tampoco podríamos negar la influencia de quienes ejercieron esta profesión.

Enfrentar una situación poco usual, un accidente, una tragedia, una pérdida, circunstancias de extremo peligro o una enfermedad fatal en el ámbito laboral, familiar o personal, puede estar relacionado con el ADN o el estilo de vida. Sobrevivir a ellas, tiene que ver con los condicionantes sociales. Cualquiera que sea la actitud que se asume ante la vida, hay tres palabras que me guían en estas reflexiones: Sobrevivir, Coincidencias, Diosidencias.

Desde pequeña empecé a reconocer en mí una resistencia poco común, creo que es algo que me ha permitido salir airosa en los desafíos que se me han presentado. He llegado a considerarlo una marca, una señal, una huella, a veces hasta un estigma. Al sobrevivir me he identificado con colegas que han pasado por experiencias similares. Son la familia que me ha dado la vida, lleven o no mi sangre.

Estoy convencida que sobrevivir, requiere de algo más que los condicionantes sociales. Entre ellos, la constante actualización. Es lamentable la escasez de personal, la falta de oportunidad y baja calidad de la información para nuestras colegas. Sobrevivir requiere entender el autocuidado de la salud. Esto implica conocer las medidas preventivas, las técnicas para detección temprana y sobre todo una formación en género. Aunque "*en esto del feminismo estoy de acuerdo con Ángeles Mastreta: al igual que ella creo que es un instinto porque, lecturas y teorías me llegaron más tarde*".

Adoptar una actitud positiva ante la vida, enterarnos de los últimos descubrimientos, los efectos adversos del ADN y el mejor estilo de vida saludable. ¿Será suficiente? No podría asegurarlo. Tampoco denominar "Coincidencias" a las circunstancias y factores que se han combinado para la sobrevivencia de muchas de nosotras, creo que, al menos, algunas de ellas deberían etiquetarse y compartirse luego de llamarlas "Diosidencias".

Neurociencia y poesía erótica

"La neurociencia nos está mostrando hasta qué punto no podemos separar razón y emoción, es decir, que tenemos un cerebro emocional, que necesita que lo cuidemos... ¡Y que es entrenable!

Elsa Punzet

Leer ese primer artículo sobre neurociencia fue una coincidencia. Profundizar en el tema fue resultado de mi insaciable curiosidad. Leí que desde la Grecia clásica aparecieron las más antiguas referencias sobre la neurociencia y la poesía.

De manera empírica se afirmaba el poder de las palabras en la mente, especialmente cuando eran hábilmente combinadas. Hace más de 30 años que en la poesía erótica, se reconocieron elementos didácticos y artísticos de la sexualidad. (Paz, Wihtman, Bataille y otros). Podríamos analizar sus implicaciones y aplicaciones en varios campos. En la didáctica, el arte, la sexualidad, el amor y tantas otras.

Hace pocos años la neurociencia empezó a compartir evidencias. Entre otras hay electroencefalogramas (EEG) que acreditan una intensa actividad cerebral con la lectura. Se ha documentado la lectura de poesía erótica. En especial la que contiene un lenguaje subjetivo. Intensificar la actividad cerebral resulta favorable para fortalecer las habilidades del lenguaje. Se insinúa que también puede ser de utilidad en la prevención de enfermedades neurodegenerativas, que al menos podría retrasar su aparición.

Un estudio publicado en la "Revista Neuroimage", revela que son las figuras literarias las que generan la mayor actividad cerebral.

Las figuras literarias son recursos estilísticos que se usan en la poesía. Transforman el lenguaje común, en uno artísticamente elaborado. Se utiliza para dar belleza y expresividad a los textos. De forma coloquial, reciben también el nombre de recursos o figuras literarias, estilísticas o retóricas.

En mis poemas, algunos musicalizados, he usado este recurso, podría dar ejemplos de algunas frases: "*...ansia inacabada, lenguaje callado, mañanas lunares, roce inmaterial, apretada ausencia, descalzo de silencios...*". Con ellas busco dar un nuevo sentido a las palabras. En ocasiones se consigue, en otras el recurso podría resultar fallido o usado con anterioridad lo que demerita su valor. A continuación un fragmento de un poema para ejemplificar:

"*No fue en el sueño cuando el alma se evade para que se despeje cualquier rescoldo ajeno aún adolorido, ni en la brisa, la espiga del silencio o su mañana*".

De acuerdo con el estudio publicado, es la primera vez que se logra medir la generación de variaciones de la actividad cerebral a través del EEG. Se usaron como estímulo diversas frases. Una de ellas conteniendo figuras literarias.

Como resultado de esta investigación... "*se demuestra el éxito a nivel retórico de las figuras literarias. La razón de su efectividad es que atraen la atención de quien las escucha*" más que otras expresiones, agrega Nicola Molinaro, autor principal del estudio. Añade Molinaro que, en concreto "*se activa la parte frontal del cerebro y se emplean más recursos de lo habitual en procesar a nivel cerebral esa expresión*". Así mismo, señala que el resultado de los experimentos se relaciona "*con la actividad que requiere procesar la abstracción de figuras retóricas, que tratan de comunicar cosas que no existen*".

Según el investigador 500 milisegundos después de percibir la expresión, es decir, de leer una figura literaria, se midió una intensa actividad cerebral. Esto fue en la parte frontal izquierda del cerebro. Esta es un área íntimamente relacionada con el lenguaje. Los seres humanos la tienen muy desarrollada, en comparación con otras especies.

Molinaro ya ha comenzado a repetir este experimento. Usará la Resonancia Magnética. Espera obtener imágenes de la actividad cerebral. Su siguiente objetivo será estudiar las conexiones entre el hipocampo y el área frontal izquierda. Áreas implicadas en el procesamiento del significado.

Habrá quien califique las figuras literarias, especialmente las eróticas como "*lenguaje subversivo*". Lo subversivo del lenguaje siempre ha existido en la poesía. En su tiempo, de acuerdo con la Biblia, el discurso de Jesús fue considerado "*subversivo*". El lenguaje subversivo hace referencia a un carácter cuestionador, insubordinado o rebelde ante un orden establecido con base en el sometimiento.

No es una coincidencia que algunos de mis poemas, visualicen o atropellen paradigmas obsoletos, develen sistemas caducos y busquen un lenguaje de conciliación entre los géneros. La acción subversiva de la poesía es una necesidad, del mismo modo que lo son la igualdad y la equidad entre los géneros.

Fragmento

Ese es nuestro lenguaje subversivo, solo importa el oficio tan firme de querernos y el viento caminando, a golpe ciego, descalzo de silencios...

Traducir poesía, ¿oportunidad o riesgo?

Los escritores hacen la literatura nacional y
los traductores hacen la literatura universal.

José Saramago

Sabía que sería una tarea delicada. Una acción en la que el compromiso podría convertirse en un resbaladizo juego de palabras. Traducir a los clásicos no es una tarea sencilla, sin embargo, tiene una ventaja: no estará el/la autor/a para reclamar.

Dado que la poesía en verso libre elimina el desafío de enfrentar la rima y la métrica seleccioné aquellas con estas características. Sin embargo, está su cadencia, las palabras, algunas que no existen en inglés, el ritmo, el contexto, la cultura, incluso hasta los signos ortográficos.

Es así que algunos poemas podrían quedar en otro idioma… sólo si encontraba la persona idónea, que tuviera conocimiento del idioma, de literatura y que pudiéramos generar empatía, aún a la distancia, para poder hacer un trabajo conjunto.

No esperaba encontrar alguien así, me di a la tarea de buscarle. Varios años pasaron para encontrar a la persona idónea.

Roman Jakobson, en su texto "*Sobre los aspectos lingüísticos de la traducción*", afirma que por lo tanto la poesía —por definición— no se puede traducir. El riesgo es tener otra versión. Sin embargo, a pesar de estas advertencias, logramos concretar los términos del proyecto.

Compartí con Elsa Prado, escritora y traductora una meta en común: compartir mi poesía. El resultado: + 50 Poemas de amor y erotismo/+50 Poems From love and eroticism. Publicado en versión bilingüe por Editorial Palibrio.

El poema "Sin tregua ni silencios" fue el primero, prueba superada, me dije a mi misma. La evidencia tenía todos los elementos que buscaba. Consideré que la traducción no alteró el sentido del poema. Empezamos a trabajar decidiendo cada palabra de acuerdo al sentido y pertinencia.

Solo eso comentaré sobre el proceso. El producto ya está en amazon y en Ghandi. Buscar a Elsa no fue una coincidencia, pero encontrar lo que en ella buscaba ¿lo sería? El final fue afortunado.

Visitante inolvidable

«El secreto de la paz está en el
respeto de los derechos humanos».

Juan Pablo II

No lo buscaba, él me encontró. Viví con Juan Pablo II, una fortuita relación inolvidable. El hizo 5 visitas a México en total. En 1979 me conmovió su agilidad. Al descender del avión, besó el suelo mexicano. Esta imagen fue interpretada en formas diversas, pero sorprendió y conmovió mundialmente. Fue recibido con la canción *Amigo*, de Roberto Carlos, cantada por un coro de niños. El evento se transmitió en vivo para cientos de millones de personas en todo el mundo. Era Presidente José López Portillo. Se refirió a él como "*distinguido visitante*" Sería porque no había relaciones diplomáticas entre México y el Vaticano. Sus palabras: "*Lo dejo en manos de la jerarquía y de los fieles de su Iglesia*" enfatizaron la distancia entre la religión que representaba el Papa y la saludable laicidad del gobierno de México.

Desde entonces la televisión trasmitía sus actividades. Me llamó la atención el entusiasmo y fervor de la gente que hizo guardia día y noche para estar cerca del Papa. Me parecía una falta de consideración que miles de personas y estudiantinas cantaran frente a su dormitorio toda la noche. Incluso, trascendió que el Pontífice tuvo que asomarse a la ventana para pedirles que dejaran de cantar. Sus palabras *"Papa quiere dormir, dejen dormir a Papa"*. El efecto ya documentado de las multitudes lo reconoce como un medio para despertar emociones, exaltarlas y alentar su expresión, suele calificarse como irracional.

Su segundo viaje fue en 1990. Recorrió la Ciudad de México y varios estados. Uno de mis hermanos viajó a Zacatecas, quería verlo en persona. Emocionado nos relató su aventura. Describió todos los obstáculos que superaron. Tuvo que estacionar el auto varios km antes de llegar a la ciudad. El acceso estaba restringido. Por lo tanto, caminaron varias horas. Cargó en brazos a su hijo más pequeño. Hubo dificultades, tanto para conseguir alimentos y bebidas como para pasar entre la gente que luchaba por obtener un lugar más cercano al Pontífice. Nada de eso le importó. Por fin, llegaron al lugar donde el Papa se presentó. Logró su objetivo. Pudo ver al Papa y tomar fotografías con las que recordaría esa aventura de fe.

Me congratulé de no haber ido. No tiene que ver con el Papa. Yo evito participar en las multitudes. Dado que todo evento es trasmitido por televisión, no veo la necesidad de acudir en persona. Puedo imaginar todas las penurias y dificultades que tienen que enfrentar. Me han tildado de perezosa, tímida, cobarde y otros adjetivos. No me importa. He analizado mis temores y como profesional de las ciencias de la salud, reconozco las causas de esta conducta y decisiones.

La visita que el Papa hizo a México en 1999 fue especialmente relevante. Viví con Juan Pablo II, una fortuita relación inolvidable. Trabajaba en México. Mi hermano recomendó que fuera a ver al Papa. Vi por televisión como le rodeaba la multitud. Además, tenía trabajo, lo veré las noticias, concluí.

Nuestra oficina estaba en la colonia Nápoles. Tenía personas citadas hasta las 4 de la tarde. Llamaron para posponer esa cita. El personal salió. Yo seguí trabajando. A las 5 de la tarde... la energía eléctrica se interrumpió. Ni hablar, me dije, la jornada terminó. Bajé en busca de un taxi, en el momento en que salí iba pasando uno. Sorprendida gratamente lo abordé para ir a mi domicilio.

Al cruzar por Insurgentes, un río humano se desbordó. El tráfico quedó paralizado...*"viene el Papa, mencionó el chofer"*. Yo salí del taxi, me paré en el camellón, vi patrullas en el otro carril. Las sirenas y los gritos empezaron a marearme.

En ese momento, miré el Papamóvil, avanzando frente a nosotros. El Papa iba dando la bendición, sentí su mirada en mis pupilas. En ese momento, viví con Juan Pablo II, una fortuita relación, inolvidable. Solo fueron segundos, como si la situación se diera en cámara lenta. El taxista me dijo *"seño, seño, ya súbase, ya podemos irnos"*.

He contado este pasaje de mi vida varias veces. Siempre me deja pensando cuantas "coincidencias" tuvieron que darse para que este encuentro se realizara. Al menos las suficientes para hacerme la pregunta ¿Coincidencias o Diosidencias?

Varias fueron las lecciones sobre el perdón que nos dio Juan Pablo II. Una de ellas fue, luego que el 13 de mayo de 1981, un ciudadano turco conocido como Ali, le disparó, hiriéndole en la mano, brazo y abdomen. Dos años después, el Papa lo visitó en la cárcel, le otorgó el perdón, rezó con él y dejó que la justicia se encargara de cumplir las leyes, manteniéndole en prisión hasta cumplir su condena.

Otra, cuando él Papa pidió perdón. Fue en el año 2,000. El acto litúrgico se celebró en la basílica de San Pedro, del Vaticano. Entre los temas, habló de los pecados cometidos contra las mujeres. Exhortó a la Iglesia no sólo a arrepentirse sino a empeñarse en "*un cambio de vida*". Para nadie pasa desapercibido la desigualdad de posiciones de las mujeres en la jerarquía católica. Son vistas, en el mejor de los casos, como complemento de los hombres y en el peor como sirvientas. Según lo publicado con gran honestidad por el Vaticano.

Desde su nombramiento el Papa Francisco ha seguido el ejemplo de Juan Pablo II. Ha pedido perdón en varios países y por varias causas, aunque el "*cambio de vida*" para las mujeres en la Iglesia Católica, aún no parece estar entre sus prioridades.

Epílogo

Divide y vencerás. Esta premisa se aplica en tantos campos. Lo que menos una esperaría es que la usen clérigos, imames, rabinos, lamas, gurús, pastores y maestros espirituales de todas las religiones. Lo hacen algunos, más que otros.

Usan frases y pasajes de algunos libros "*sagrados*" escritos hace siglos en lenguaje patriarcal. Con ellos tratan de legitimar el fundamentalismo y la misoginia para obedecer o guiar, según el escalón donde se encuentren.

La teología feminista actual, busca reivindicar la condición plena de la mujer. Los mismos libros "*sagrados*" lo afirman en algunos en sus versículos e historias.

Consideran que la mujer, en ningún caso, es inferior al varón. La teología feminista, denuncia la infravaloración del papel de la mujer en los diversos ámbitos en el pasado y en el presente. Abogan para que al fin puedan asumir sus derechos humanos y su pleno protagonismo en todos los campos incluyendo las religiones modernas.

Espero que mis textos y los temas que abordo, muestren a hombres y mujeres reales, con sus logros, sus dudas, pero más que nada, las circunstancias y condicionantes sociales, además de las coincidencias o Diosidencias que eventualmente impactan en el desenlace de varias experiencias.

Aunque dignidad, igualdad y justicia estén consagradas en todas las religiones del mundo, la interpretación de estos términos difiere grandemente entre y dentro de las tradiciones religiosas.

El panorama mundial nos muestra que combinar religión y gobierno suele favorecer a los grupos poderosos (masculinos). Por otra parte, Larry Cox, ex director de Amnistía Internacional, argumenta que la acción basada en la fe es una fuerza importante. Podría debilitar los regímenes políticos represivos. Elegir aspectos de la religión que apoyen los derechos humanos, lo considera un riesgo. Opina que pueden surgir grandes complicaciones.

Es innegable que al movimiento de derechos humanos le hace falta "*alma*", como implica Cox. Reconoce que el mayor peligro es hacia las mujeres y otras minorías. Puede ser, concluye, "*una cuestión de vida o muerte.*"(Lo sabemos).

A pesar de estas advertencias en México y América Latina se han dado movimientos feministas. Son de militantes que profesan alguna religión o ninguna. Entre ellas: Católicas por el derecho a decidir, la Alianza Nacional por el Derecho a Decidir, centros de derechos humanos fundados por órdenes religiosas, la red nacional de organismos civiles de derechos humanos, Todos los derechos para todas y todos, el Observatorio eclesial y muchos más.

También emprendieron la formación de la red nacional católica de jóvenes por el derecho a decidir, el observatorio ciudadano nacional del feminicidio y república laica, entre otras. Solo voy a dar tres ejemplos de los movimientos en otros países.

En Sudán, la prensa internacional se sorprendió en abril del 2019 ante la presencia masiva de mujeres. Fue durante la protesta contra el expresidente Omar Al Bashir. Al fin, después de 29 años en el poder había sido derrocado. Aunque, no era inusual que las mujeres sudanesas salieran a la calle por cuestiones políticas.

La imagen de la India está cambiando gracias al movimiento plural de mujeres en este siglo XXI. Históricamente discriminadas desde antes de nacer, empiezan a reclamar un puesto en esta sociedad. Aún falta mucho por hacer, historias de niñas de 9 años obligadas a casarse aún persisten en la

India. Al mismo tiempo, Sindicatos de mujeres o sistemas de microcréditos están más activos que nunca desde el año 2004, el año internacional de la mujer india.

Las mujeres kurdas, intentan destruir el menosprecio colonial de su cultura. Toman responsabilidad de sus propias vidas y decisiones. Discuten sobre la dominación del sistema patriarcal que mantiene su poder, separando una mujer de otra. Luchan por su liberación, son un ejemplo para las mujeres del mundo.

Crearon un nuevo rol de luchadoras de la libertad y el ejército de mujeres llamado Unión de Mujeres Libres de Kurdistán (YAJK). Si ellas lo están logrando en medio de una guerra, una cultura de dominación masculina y un aprisionamiento familiar, nosotras... también podemos.

"*Las religiones nunca se han llevado bien con las mujeres, las mujeres siempre han sido las grandes perdedoras*", según Juan José Tamayo Acosta, teólogo, escritor y columnista español, respondería a esa afirmación con la misma contundencia de su frase, con una del filósofo alemán, Herman Keyserling, "*Generalizar, siempre es equivocarse.*"

Otros títulos de la autora:

+ 50 poemas de amor y erotismo. (Español/Inglés)

Fragmento:
...se plegó a tus caprichos
Quizás me reconoces como una hora
antigua cuando a solas preguntas,
te interrogas con el cuerpo cerrado
y sin respuesta. Jaime Sabines

Ante la sobriedad de otras caricias, marchitas por el tedio,
entiendo que se encienda la urgencia por tus besos,
regresa como en sueños esa voracidad, el ansia inacabada
de tenerte, mientras el alma, dócil como la piel,
se adormece, despierta... en el ir y venir de tantas cosas.

La noche se ha cubierto de caprichos,
de quimeras y sombras que la envuelven,
descubren el cenizo tatuaje de tus mimos
que reanudan los juegos del ayer,
con el amor de siempre, el verdadero.

El erotismo y sus juegos. (Español)

Fragmento:

En el mismo lugar

"La página en blanco, cruel espejo,
solo refleja lo que has sido"
Y. Seféris

Sabíamos que no podía acabar de otra manera
aun cuando lograran trastocarse los recuerdos
o sacudir con ambas manos el resto de la tarde.

Sería, como vencer la sobriedad de aquellos días
sin permitirse nunca algún descuido,
requeriría, restablecer la escena,
incidir sobre la llama y hurgar en el vacío
hasta sus últimos resquicios.

Y es que el silencio, se nos iba metiendo hasta los huesos,
no aquél silencio que resuelve su blanca desnudez
con el follaje verde de las cosas, sino el que inopinadamente
nos va cayendo encima, untándose a nosotros,
como una masa pegajosa maloliente, clandestina,
monótona en su afán de fiel custodio.

Ya para entonces, uno se iba quedando sitiado tras la ausencia
enredado en sus verbos y en sus noches,
malabareando delirios lapidados, en el mismo lugar
justo donde otros tantos, apenas iban comenzando.

Amores y otros cuentos de genero...sidad (Español/Inglés) Editorial Palibrio

Naina Choquehuanca.

Me pregunto si en realidad existe el libre albedrío. Mi vida ha sido guiada por circunstancias fuera de mi control. Sólo ahora he podido entenderlo. Mis padres tuvieron dificultades para procrear. Después de ir con curanderas y médicos de todo tipo y especialidades casi se daban por vencidos. Consultaron a una adivina y ella logró lo que ninguno. Tres meses después mi madre estaba embarazada. Fue tanta su alegría que decidieron ponerme el nombre de su benefactora.

Ser un producto valioso, largamente esperado, único y con un nombre tan poco común influyó en colocarme como centro de atención, no solamente dentro del ámbito familiar, también en el medio en que me tocó vivir. Bolivia fue el país y La Paz el lugar en que nací y permanecí toda mi vida.

La ciudad está en un cañón profundo rodeado de montes perteneciente a la Cordillera de los Andes. El clima es de montaña con inviernos secos y fríos, nevadas ocasionales y veranos frescos. Los lugares con más oxígeno y temperatura más templada se encuentran a menor altitud. A diferencia de otras ciudades del mundo, las zonas altas son más pobres. Ahí vivíamos. "*Pegadito al cielo, muy cerquita de Dios*", como decía mi madre.

No conocí ningún otro lugar. Tampoco creo que me haya hecho falta. Cuando vives a más de 3,500 metros sobre el nivel del mar debes ser conciente de los posibles efectos que ello puede llegar a ocasionarte. La apatía puede ser uno de ellos. Recientes investigaciones sugieren que la falta de oxígeno es responsable del déficit de aprendizaje y que afecta a la memoria, lo que a su vez hace que el lenguaje se vuelva menos fluido. También causa daño a la capacidad psicomotora, ocasiona movimientos lentos e imprecisos. Nada de eso me afectó. Aun así no logré conducir mi vida con entera libertad.

Los niños del barrio recorrían diariamente el camino hacia la escuela, situada casi en una cumbre, luego iban dos a tres veces al día a traer agua de la pileta que estaba alejada de sus casas, las calorías gastadas por ese ejercicio aunadas a la escasa alimentación los mantiene delgados, su organismo se debilitaba al tiempo que se fortalecía su capacidad física y pulmonar.

Hay algo que me afecta bastante, cuando la temperatura desciende mi respiración aumenta, las náuseas, dolores de cabeza, debilidad e insomnio aparecen. Con frecuencia sufría también de algunos trastornos de conducta: cambios de humor, irritabilidad, desesperación o regocijo desproporcionado. Se dice que no hay manera de determinar si estos son efectos de la elevada altitud, puedo asegurarles que en mí esto fue un hecho innegable. He comprendido que el descenso de los niveles de temperatura, oxígeno, y presión asociados a la elevada altitud puede causar trastornos, incluso a personas como yo. No en todos se presentan los mismos síntomas.

Más de una vez me di cuenta como los turistas que acudían en gran número a visitarnos para escuchar las historias de mi padre y mi madre, eran víctimas del "*soroche*", como llamamos nosotros al mal agudo de montaña o mal de altura, que es la falta de adaptación del organismo a la falta de oxígeno en el cerebro por la altitud. Mi madre les preparaba mate de coca, con una sola taza de esa bebida lograban recuperarse, el líquido proporciona energía y ayuda en la capacidad pulmonar.

Mi padre era un cuentero diestro, relataba orgulloso las historias de sus antepasados, aymaras que mantuvieron su autonomía aún bajo la dominación del imperio inca. "*Ahora nos dicen indios de mal carácter, nos tienen por desconfiados y resentidos, sobre todo la gente del trópico*". Mientras hablaba masticaba despacio la coca, como era su costumbre. Reconocía con tristeza como con la llegada de los españoles, su lengua, el aymara, fue poco a poco olvidada y el culto a Pachamama o Pacha empezó a ser invocado a través de la Virgen María, como resultado del sincretismo vivido en ésta y otras regiones. Todo en aras de la modernidad, les decía.

"*Gracias por venir a escuchar la riqueza de la lengua aymara con su prosa colonial, sus mitos, cuentos, relatos, narraciones históricas y oraciones rituales. Los aymaras y su cultura estamos vivos, no solamente confinados en los museos*". Esas eran siempre sus palabras finales.

Mi madre y yo usábamos para tal ocasión una vestimenta semejante al traje de las mujeres aymaras. Dice que si no fuera por mi ellos no se interesarían tanto en las historias. Yo espero con gran entusiasmo la llegada de los turistas. Ellos me hablan, me entregan los regalos y el dinero. Yo siento que es por los vestidos y por las historias, mi madre las dice con su voz que es pausada y grave, nos mantiene a todos en vilo, como en trance, usando solo las inflexiones de la voz, los gestos del rostro y los movimientos de las manos y el cuerpo. Su rostro es bello y su largo y negro cabello hace lucir aún más el sombrero que complementa el vestido. Al terminar invita a los turistas a que hagan preguntas, ellos quieren saber mi nombre, mi origen, hasta mis gustos y rutinas de vida. Entonces es cuando a mi madre le brillan los ojos, regresa al pasado y describe de forma diferente cada día de mi vida desde que estaba en su vientre, no hay un asomo de cansancio en sus pupilas, el cariño le brota en cada frase, si no fuera por mi padre que la interrumpe cariñosamente y agradece a los turistas la visita ella seguiría hablando sin parar.

Pero un día… murieron mi madre y sus palabras. Desapareció el enigma que bordaba en relación a mi existencia, ya no había quien describiera el aura que rodeaba mi vida de misterio, la relación con los demás simplemente dejó de existir.

No hubo más preguntas sobre el origen o el significado de mi nombre, ya nadie me hablaba para escuchar las historias que mi madre decía repetir en voz alta, después de fingir que yo las susurraba en su oído.

Hoy sé que eso jamás pasó. Ahora recuerdo que desde mi nacimiento el médico les dijo que una complicación en el trabajo de parto me había dejado un daño cerebral permanente que me impedía moverme y hablar. No me había dado cuenta. Las historias siempre fueron de mi madre, la generosidad de su amor me hizo asumirlas como propias.

CPSIA information can be obtained
at www.ICGtesting.com
Printed in the USA
BVHW031446010819
554891BV00004B/33/P